# 地面に頬《ほお》を擦《す》りつけて、あるいは七十歳の履歴書

空夏久
Kuu Natsuhisa

時来社

# 目次

# 地面に頬を擦りつけて、あるいは七十歳の履歴書

序章

# 地面に頬を擦りつけて

富める者が富める生活を楽しみ、貧しい者がガタピシとした暮らし向きに耐える（マタイの福音書より解釈）。この一枚の絵を神様は否定しない。

口の中には、ひさしぶりの外食の肉汁の旨味が残り、頭の中には、一瞬、悔いが残った。三百円也の牛丼を完食した真一は、小さな財布のファスナーをおずおずと開け、コイン三個をレジで渡すと、空になった丼をもう一度振り返った。飯粒が一粒貼りついている。

「ああッ！　今日は牛丼を食べてしまった」

ひんやりとよく冷えた店を出ると、外は八月の陽光が痛く貫き、熱気が一気に全身を包んだ。炎天下の視界が一瞬真っ暗に変わった。この時である。脳の中を悔いと不安という液状のものが満たした。胸が塞がり、身体が硬直した。

「今日は三百円も使ってしまった！」
いつもなら妻の秋子のつくった握り飯二個で済ませたはずである。

この三百円は、生涯、未来永劫、決して取り返すことの出来ない暗い穴ぼことして残り、消えない。使い、なくしてしまったものは、いくら稼いでも埋め合わせが出来るものではない。これを完全に解決するには、どこからか同額の三百円を頂くしか方法はない。真一は、このさもしさに捉えられて昼食後、二時間を費やした。

ようやくそれが消えたのは、次の仕事時刻が目前に迫って来たためである。真一の仕事というのは、まるで中世の城のようなセレモニーホールの葬儀に来訪する弔問客の車の誘導駐車であった。今日は昼の告別式が終わり、牛丼を喰い、新たな通夜が夕方六時から始まる予定の為、その準備をして所定の位置に一時間前の五時には立つ。六時までの一時間に弔問客が来訪する。ある日はまるで波のように押し寄せ、さながら戦場と化す。それでも弔問客の車は、すったもんだを繰り返した後、整然と収まる。この慌ただしさは、葬儀の大小によって変わる。富と名声を誇ったホトケさんの葬儀に来る弔問客は、黒い喪服のデモ隊の如く押し寄せ、まばらな葬儀の場合は、ある種の惨めさを残す。

そして今夜の通夜では、二人の弔問客から怒鳴りつけられてしまった真一であった。

真一たちは、世の中では警備員と呼ばれ、一般に言われるところの会社員の身分ではない。ましてやセレモニーホールの誘導員の身分である。

真一は五十四歳だった。働き盛りの年齢である。では、如何にして真一がこの身分と仕事に辿り着いたのだろうか？

第一章

# F社入社

書き記せることは、薄れかけた記憶のみである。

北関東の前橋市にあった、真一の勤めていたF社は、一地方のいわゆる通販会社であった。創業当時のことはまったく知る由もないが、昭和五十四年に真一が途中入社した頃は、既に全国の主要都市、札幌から宮崎まで十九の支店・営業所を持ち社員数も百二十人ほどの中くらいの世帯だった気がする。七十年代に一大通販ブームが起きた。そもそもの始まりは、一台の健康器具であり、たった一商品が全国に知れ渡り注目され話題を集めた。室内でランニングが出来るマシンである。新しいカルチャーはアメリカから来る。そういう時代だった。

ある日、前橋の通販会社の人材募集の広告が掲載された。内容は、宣伝企画に興味のある方求む、というものだった。真一のこころが動いた。東京から戻り、半年が経った頃である。まず、通販というカルチャーが新鮮なカラーに思えた。そういえば、東京時代のアルバイト先も、仏教関係の出版を手掛けながら、一方で全国の寺院を相手にリーフレットで、その檀家に向けて、本尊の仏像を案内していた経緯があった。しかも、募集は、営業や経理、総務とやらではなく、宣伝企画課である。文学部出身の真一は、超文系で数字に弱い。宣伝企画課の文字に魅かれた。採用。

当時の通販は、いわゆる従来の小売業の世界に切れ込んだ自由な販売世界だった。今やネット通販が世界を席巻しているが、真一の入社の頃は、新聞、雑誌、チラシのマスメディアからリーフレットやカタログなど、紙媒体の発展期であった。各社が、店舗不要の手軽さから、比較的自由に参加出来るメリットがあり、業界は伸びに伸びた。いずれは、小売部門の主流となる勢いがあった。

宣伝企画部宣伝企画課といわれる部署に配属された真一は二十九歳だった。そして、即日辞めようと思った。

「阿川真一と申します。よろしくお願い致します」

八人の先輩社員は沈黙。特にプロを自負するデザイナーの五人の眼は、素人を見下す好奇心と侮蔑に満ち、真一を冷笑した。まるで爬虫類のようだ。冷たい皮膚感と細長い眼。今でも、この時のブラックホールに吸い込まれるような空気は鮮明に覚えているし、特にそのうちの二名には、憎しみさえ残っている。とにかく西アジアの砂漠に放り出された気分だった。

W大学哲学科卒の青田係長が直接の上司であり、言葉が巧みで頭も切れた。渡されたB4の紙には、ある企画のラフスケッチが描かれており、キャッチとコピー欄は真っ白だった。初日の初仕事である。その空欄を指定された文字数でキャッチとコピーで埋めるのが、真一のコピーライターとしての役割のようだった。内容の説明もなく「午前中に書いて」というひと言が胸に突き刺さった。異次元の世界へ連れ込まれたと真一は迷った。十二時のチャイムが鳴ると、青田係長から「上がった？　見せて」と問われた。真っ白なままの原稿用紙。五分間の沈黙の後、「これは、皇室の慶賀の企画。商品はその記念コインで純金製」。まったく判らないまま砂漠の中にいた真一は、その態度を責められ、判らなかったら質問するという仕事の基本中の基本を指摘された。若い女性社員の視線が気になった。

「質問がない。なぜなの」。なぜだか自分にも判らなかった。この室内の空気は、爬虫類の吐く息が充満していて、その密度に圧倒された真一には回答が出来なかった。

「じゃあ午後五時までに」

結局、初日は一字も書けず、トイレに三度行き、煙草を十本吸い、終わった。明日はないな。これが真一のこころに芽生えた結論だった。

帰り際のことである。隣の商品開発室の竹上という室長が、真一に声をかけた。

「大丈夫。明日も来いよ」

大柄な体格で笑顔の竹上室長には、哺乳類の温もりがあった。


その夜、高崎市にあった真一のアパートの一室には秋子が待っていた。料理が、どちらかと言えば不得意な秋子の手料理で初出勤を祝う予定だった。たまたまその日が週末とあって、二人だけで楽しむはずだったのである。料理は出来ていた。ぎょうざ、にんにくのきいたドレッシングの生野菜サラダ、冬ならではの肉まん。

「おかえりなさい」とひと言。引きこもりがちで人に弱い秋子に次に続く言葉はなかった。

「今日一日だけで辞める」

真一のひと言は意外だった。秋子は無言だった。真一のこだわりのメーカーのビールを開け、二人で乾杯した後、真一は、ひたすら飲み、喰い、そして酔った。あの真っ白な西アジアの砂漠の孤独感が徐々に癒え、「さあ、さっさと次へ」という秋子とは思えない明確な言葉は、同時に深い安堵感で真一を包んだ。

外は冬間近の星月夜である。高崎市の郊外にある静かで小さなアパートの一室の灯りは、なかなか消えない。赤城山のきれいな稜線、榛名山の穏やかな山容、厳いた妙義山の威容。上毛三山が薄明るく、そして彼方には三国峠、さらに碓氷峠の上には端正な姿の火の山、浅間が透明な群青色に静まりかえっている。この下で真一と秋子は囁き合っていた。この二人は、歳の割には仲間というものが少ない。人見知りの強い秋子は、真一の友人にも遠慮した。真一も秋子に寄り添うように、仲間の付き合いもささやかになっていった。

第二章

# 振り返って東京時代とは

この時代にしては浮世離れした二人は、小学校以来の同級生だった。これまでも、付いたり離れたり、東京での学生生活も二人のアパートは近かった。西武池袋線沿いに住み、二人の部屋を行ったり来たりの暮しが続いた。そして、秋子は急に中退し帰郷し、真一だけが残った。

一九六九年に、T大Y講堂闘争があり、その終結後、学生の若さと嵐は急速に衰えた。一部にS軍派の事件もあったが、世の空気が入れ替わった気がする。ただ、真一の大学にも、少数になったが、まだ闘争デモ、タテカンが残り、その影響で授業はほとんど休講で、試験もなく、レポートを提出すれば事足りた。ただ、ノンポリをきめこんだ真一にも葛藤はくすぶっていた。青年は一度、闘争をくぐらねばならぬ。決して狭量な政治に対してばかりでなく、それまで脈々と受け継がれて来た歴史観、文化観、そして小説や絵画や音楽などの芸術観に至るまで、広く、既存を信じ切っていた世界に対し、一度、澄み切った若い頭脳で根源的な疑問を持たねばならぬ。それが本来の、若者の闘争の源である。

このように、上野にある美術館で毎年催される日本最大の芸術展のアルバイトをしながら、真一は、M学院大学仏文科に通うアルバイト仲間のひとりに諭された。新橋の質屋の息子で、金をたっぷり持っていて、銀座の画廊とレストランに案内された記憶がある。

秋子が去った真一の部屋には人が溢れた。ほとんどがアルコール仲間で昼から飲んだ。

しかし、一九七三年頃を境にして、世の中が大きく変化していった気がする。金欠が当り前の学生で溢れかえっていたそれまでとは様変わりし、金はあるのが当然の学生が増えた。真一の通い詰めた喫茶店で四年生の秋の頃である。真一は世の中のカラーが変わって行くのに気付かされた。新入学し、大学生活に慣れた頃の親しそうなカップルの間で交わされていた会話の中身である。その女子学生は、小奇麗なマンションに暮し、愛猫を飼い、ペットとの暮らしぶりと、父親にピアノ購入をせびっていることを、軽い日常会話のレベルで話していた。男子学生も、自宅の犬と昼寝をしているなど、時代の風が明るく清潔になり、空気が軽くソフトになり「思想の気配」がなくなった。

時代の変わり目にある中、卒業も間近というのに、真一は就職活動とは無縁で、通いなれた小さな出版社のアルバイト先に向かい、後は卒論のみに没頭した。文学、作家、作品について、論理的に書くことは簡単ではなかったが、「情感」ではなく「論理と科学性」を先行させて書くことに、真一は心地よさを感じて熱中していた。おそらく真一の学生時代になにか証になるものといえば、この卒論のみに尽くされるだろう。仲間が就職を決め、この街から次へと進む準備に明け暮れている頃である。年が明け、この街やかつての銘々のアパートから、次々に仲間が消えていった。一人、真一だけが動かず残った。それでも真一は、卒業した後も、朝起きると同じ部屋からアルバイト先に通い、しばらくして喪失感で真っ白になった。時は、ただ過ぎた。

週末の夜は、新宿。日曜日の朝は、隣に誰だか不明な女の子が眠っているか、店のホステスの部屋で目覚めた。女性ボーカルのジャズシンガーが人気を集め始めていた頃である。ジャズクラブのライブで陶酔し酔った。


時は、さらに過ぎた。そして、ある夜、忘れかけていた、あの喪失感が突然、真一を襲った。暗闇がガラスの硬質感を持ち、部屋いっぱいに張りつめ、真一を押さえつけた。(このままで行くと俺は?)。突然、鋭いナイフのような現実感が剥き出しになり、眠りにつこうとしている真一の頭脳にどろどろの液体となり満ち始めていた。

「どこか違う場所へ」

真一に秋子の声が突然聞こえた。

「帰っておいでよ」

しかし、あの夜襲った喪失感、緊迫感、圧迫感は数日間残り消えなかった。また秋子の声が聞こえた。澄み切った懐かしい声だ。

「帰っておいでよ」

数週間が過ぎた。その年も暮れようとしていた。

そして、六年間も会っていなかった秋子が、十二月三十一日の寒い朝、突然、真一のアパートの部屋を訪れた。

「何しているの？　馬鹿みたい」

ボブのイメージが強かったヘアースタイルはポニーテールに変わり、デニムパンツがスタイリッシュなパンツルックに変わっていた。窓を開け放ち、大日如来の光背に包まれたような光を背景にして、腕を組み言い放った。何が起きているのか、真一はまだ、はっきりとは目覚めてはいない。ただ胸がいっぱいになった。秋子が来た。

「毎日が過ぎる。毎日アルバイトに行く。めんどうくさい」

救済の小さな灯りが胸に点ったように、真一の胸の底から発した言葉は純粋で素直だった。まるで秋子が成長し、年上に変わっているようだ。秋子は、今度は真っ直ぐに真一を指差した。

「何を待っているの？　何も来ないわよ」

「そう。何かを待っている」

自分は一体、何を待っているのだろう？　ラッキーで透明なシャボン玉のようなもの。肌に馴染み色がくすんだ着古したTシャツのような手触りの日常。疲れて希望がまったくなくなった時にもたれかかる椅子のような救済。

その朝、突然、マイナス2度を示した寒気を秋子が持ち込んだ。東南の窓から朝九時の休日の陽光が真一を射止めた。冬の稲妻。頭の中から、あの喪失感と緊迫感と圧迫感が次第に消えて行くのが判った。窓からは、真っ青な冬空を直進して行く飛行機雲が一筋。澄みきった郷愁に似た奥深い解放感が真一を包んだ。あの真っ白い飛行機雲の先端を辿って行けば……。いきなり青空と一筋の飛行機雲が、なぜか三年前に旅をした、ローマのレオナルド・ダ・ヴィンチ空港の上空を思い出させた。

「只今、ローマの上空、快晴です」と、機長のアナウンス。

「この街では、駄目！」

ふわふわのニットを着込んだ秋子の主張は、一直線に真一の額に向けられた。しかも、その主張を曲げないように腕組みをして、真一の寝ている上に両脚を開いて立った。六年の月日の間に、秋子は成長し、真一は何も変わらなかった。あれから秋子に何があったのかは知らない。ただ気分屋さんだったあの頃の秋子ではなく、すっきりとした姿勢の大人の女性となって現れた。

「相変わらずね。まだボクのままか」と、秋子。

秋子の攻撃は容赦なく続いた。特徴のある声高でしかも早口で。こればかりは昔と変わらず、（ウルサイ！）と真一は思った。休日の朝から、隣人が気にかかった。と、同時に朝食も気になった。
「モーニング行く？」と、真一。
「ダメ！　荷造りが先！」と、秋子。
「どういうこと？」と、また真一。
「高崎に連れて帰る！」と、叫ぶ秋子。
真一は、あまりにもケタはずれの言葉に気を失いそうになった。
「レレレー。レレレー。」

第三章

# F社時代、そして退社へ

関東平野が信州、越後の山あいにかかる入口に高崎はある。小さな街だ。しかも三国の山から吹き降ろす風は強く冷たい。ただ榛名山が立ちふさぎ、高崎の街は、他の街に較べると幾分穏やかだった。真一は乾ききった風を思い切り吸ってみた。胸の奥が冷えた。強烈過ぎる空の紺碧。縁を白く光らせて南へ南へと漂泊して行く雲。乾いた冬の陽射しと北風。子供の時代からずっと惹きつけられていた高崎の冬空だ。

真一は立ち直ったかに見えた。しかし、決意ではなく、真一特有の成行きのままにほったらかすという癖から、毎日とりあえずF社に出社した。F社は、新前橋駅の東側に小さな本社を持ち、西側に古い流通センターを持っていた、まさに地方の企業であった。

また、F社は社員の出入りの盛んな企業だった。毎週、誰かが辞め、誰かが中途採用で入社した。真一もその流れの中の一人だったに過ぎない。F社の体質は、急激に拡大し伸びる。平均年齢二十八歳の勢い。熟考とか、躊躇とか迷いとか弱気などというマイナーの空気はなく、なにか新しいことを起こす時も「平気」で走っていた。

あの頃、真一がまだ入社二年ほど経った頃のことである。このF社ならではの、たまらなく楽しい思い出があった。

「四月五日、結婚以来、今日まで、週末土曜日の夜に家にいたのは、一回だけよ。後は、週末は会社の飲み会。どう思う?」と、秋子。九月の第一日曜日の朝のことである。二日酔いで心身ともに重くてだるい。頭痛が伴わないのが真一の二日酔いの特徴であるが、その他は死ぬほど辛い。

そのように、F社の週末は、どんちゃん騒ぎで踊った。まだ、土、日休日の連休制度が導入される以前の、いわゆる土曜日は「半ドン」と言われている時代である。

ただ、係長代理以上の役職の者は、午後までうろうろして社内に残り、午後三時を待っていた。

「よし！　三時だ！　おわり！」と、小沢という係長代理が動く。手早い。流通センターを飛び出し、早速、新前橋駅前の「鳥菊」に駆けつける。「準備中」の掛札を、勝手にひっくり返し、「開店中」にしてしまう。すると、十五分ほど経った後、十五人ほどのF社社員が、どっと入店する。もちろん、男ばかりである。

「真さん。開けたよ。早くね」と、真一に小沢から一報が入る。うずうず待っていた真一は、経理の吉田に声をかけ、本社をふたりで飛び出す。速足で「鳥菊」を目指す。ふたりとも、うれしそうだ。明日は休み。

そして「午後三時からの飲み会」が始まる。ほぼ、毎週。

皆、仕事から解放されて、笑顔、笑顔、笑顔。ビール瓶三十本ほどが一気になくなる。もちろん、追加！　真一と吉田は日本酒の冷やに変える。これも、毎週、決まったパターンだ。

「ええ！　チャンポン、きつくない？」。流通の戸丸さんが聞く。「ああ。明日は休み、休み。寝てればいい」と、吉田。良い加減、良い加減。週末のアルコール。ＯＫね。

「あれが、また、くだらない方針を出しやがって！」と、高山。親指を立てて喋っているところを見ると、親指は「あれなる人物」を指しているのだろう。それに呼応するように、木村が小指を立てて続く。

「これも、へえへえー、で、頭を下げ、逆にこっちにきっちり締めつけてくる」

小指なる人物は「これなる人物」である。この二人が誰であるか、誰にでも判る。そして全員で、「まったくなあー！」。

そんな風に、小声あり、大声あり、怒鳴り声あり、笑い声ありで土曜日の昼間から「鳥菊」は、Ｆ社の社員が占領する。皆若い。三十歳前後である。しかし、宴は次なるステージを目指している。

ついに、小沢が癖の貧乏ゆすりを始める。「待ってました」と、一声。「おお、小沢さん。もう我慢出来ないのかよう。気が早いよう」。

まだ、午後五時を少し回った頃である。小沢は、利根川向こうの飲み屋街にある、馴染のキャバレーを目指している。キャバレーの従業員の朝礼中に、つまり開店前に、店に飛び込むつもりでいるらしい。

毎週、土曜日のF社社員群像であった。

そして、大きな変化が起きた。社長の兄であり、県職の履歴を持つ開発本部長が、十名の部下を引き連れ退職した。さらに宣伝企画課の青田係長、ベテランのデザイナーが、こぞって辞めた。

「あとは知らないよ」

青田係長は、いくらか含みのある薄笑いを浮かべて去って行った。社長に反旗を翻したのだ。残されたのは、入社して間もない真一と二人の女子社員と年下のデザイナー一人の四人となった。

宣伝企画課は、体質上、鈴木社長直属の態がある。なぜか？　遡れば社長がグラフィックデザイナーという経歴の持ち主だった点にある。これがこのF社の珍しいところだった。一般の経営者にはないグラフィックデザインセンスを優先させて経営する。ユニークなのか？　歪んでいるのか？　そしてこの経営スタイルが、将来のF社、鈴木社長、社員、取引会社、特に真一の運命を大きく変える要因となることを、真一も誰も気付いていない。

仕方なく、である。朝十時から十二時まで、午後二時から五時まで、真一は社長室にいた。制作物のラフ、色校などすべて社長が眼を通した。レイアウトを変える、色を変える、コピーに注文をつける、果ては判型まで再考する。元デザイナーは、社長業よりグラフィックの打ち合わせに打ち込んでいた。

まだある。仕事の打ち合わせは、午前、午後一時間ほどで終わる。時間が余る。そしてここから鈴木社長の違う顔が出る。グレーのスーツにネクタイはエンジ色で決めている社長は、芸術論、文学一般、歴史、社会一般、人生一般など、あらゆる分野の話題で真一を捉まえた。ほとんど毎日だった。もちろん、営業やら、経理やら、総務やら、流通やら、要の商品開発やら、担当者が合間をみて打ち合わせに来たが、時間は手短に切り上げ、また真一が残された。その後、真一は部署に戻り、わずかの時間で打ち合わせをして部下を帰し、夜八時頃には仕事を終えた。他の部門の部屋は、既に真っ暗である。社内には社長室の社長と真一だけが残った。いつものドクターバッグを下げ、階段を降りて来て、米国から輸入した左ハンドルの大型ベンツで帰る社長の姿に一礼した後、社屋の鍵を締め、門の鍵を締め帰るのが、真一の役目だった。鍵を締めた後、何度も確認し、それでも不安な気持ちに襲われた。

「真一、見ろ。赤城山は動かない」

今日、一番印象に残っている社長の言葉だ。社長室の北東の窓から、赤城山の正面が一望出来る。帰る車の中で、「あれは、何を言いたかったのだろう?」。胸の内に、かすかな動揺でも抱えているのだろうか？

毎日のように企画が組まれ、ラフ案を持ち、色校を持ち、せっせと社長室に通う真一。では、どんな企画があったのだろうか。皇室の記念企画、日本の伝統美、創作アクセサリー、伊勢企画、京都の仏師の仏像企画、大手新聞社発行の昭和現代史書籍、フランス製の圧力鍋、家紋刺繍の慶弔用ネクタイなど。F社の前期は、テーマ企画重視の商品開発と宣伝制作で、シンプルな経営だった。媒体はB４判チラシ、A４判リーフレット。新聞広告など。中でも、大手全国紙三社の全五段カラーは、F社の企画力と商品開発力と制作力が、全国の購読者の眼に晒され判定を受ける場となった。練った。迷った。揉めた。最高掲載額は、Y新聞で千七百万円ほどになった。

真一は、こんな大それたものを、社歴も浅い、地方の一企業が平気で掲載していることに驚いた。まだ自分の書いた原稿が活字になっただけでも興奮する時代である。そういえば、学生時代のゼミの資料は徹夜をして、ガリ切り、手刷り、ホッチキス留めで十冊作った。それが、である。いとも簡単にやってのける。それも毎月。三大紙には、あらゆる企画が全十五段、全十段、全七段、全五段、全三段と、カラー若しくはモノクロではあるが、毎日のように掲載され、当然、全国の地方紙にも及んだ。そんな企業である。真一の書いたコピーやディレクトした広告が全国に出回る。真一の中にも慣れから来る麻痺と、今までにない重圧感が毎日毎日、降り積もっていった。

まだある。この仕事に特有なトラブル。「18金の色が悪い」。突然、社長室から恐怖の内線が来る。

「印刷会社はどこだ。真一、今すぐ行け！」

「麻布十番です」

社長のお気に入りの印刷会社である。社長の顔がみるみる曇った。

そして三時間後、真一は麻布十番のJ印刷の応接にいた。麻布十番に工場付きの印刷会社があったなんて、信じられないだろうが、J印刷発祥の地である。先方の社長以下五人に対して真一は一人。納得出来ないことは、当の営業マンの島牧が事情を知っているにもかかわらず、休んで、この場に不在という点である。

「色校で金の色が弱いので、色見本を付けて返しました。島牧さんが責了を望んだので、長年の取引や、やり取りの流れの中なので、お任せしました。確認校の時間もなかったので。これでは、18金ではなくて銀製です」と、真一。

真一は先方の出方を待った。沈黙が流れた。

「鈴木社長は、なんとおっしゃっていますか？」と、J印刷の営業部長の顔が歪む。

「今夜、刷りなおして明日の夕方納品。四十万部」と、真一は、どきどきしながら答えた。

また、沈黙。そこへ製版会社の責任者も呼ばれた。説明がおぼつかない。最終クライアントのF社とJ印刷というクライアントに挟まれ、言葉がない。これは、最悪だ。どういう措置をとってくるか。真一は、その場から鈴木社長に電話をいれた。結論が暗礁に乗り上げ進まない。時間は過ぎる。やれば出来る。本気を出せば可能だと、真一は思った。

「間に合わないなら、要らないと言え！」

予測していた怒鳴り声が電話口から鋭く聞こえた。

結局、明後日の午後一納品が、この仕事の落としどころとなった。

印刷。簡単に言われ、社会的にも決して評価の高いものではない。つまり、この国の文化程度が、その程度ということである。それだけである。真一は、その後、「制作」という世界と四十数年付き合うことになるとは、その時、知らない。


真一の業務は、年の経過とともに増えた。法務対策が加わった。

ある時、営業販売の一部門が、気軽に新聞広告を掲載した。F社のレベルは知恵浅く、怖いものなしだが、社会は怖いもので、目は開かれているし、簡単に見逃してはくれない。

広告内容は、寝具の新商品であった。新商品は、新商品の売れ行きのデータを取得する、本号と呼ばれるカタログに掲載することが社内規定になっているはずであった。それを無視して功を急ぐ若い一社員の先走りを、社会の目は見逃さなかった。商品名が他者の商標に抵触したという事案だった。突然、一通の通告が郵便で来た。社長宛。親展。

真一と竹上室長が社長室に召集された。二日間作戦会議。結局、弁護士が入った。竹上室長の鋭さで、先方の虚偽が発見され救われた。

さらに、スポーツブランドの偽装品問題。これが社会面に報道された。また同じメンバーであああでもない、こうでもない。結果、F社の負け。

また、カタログの全国配送の交渉業務も加わった。この分野は郵政が先行していたが、新規に登場してきた民間運送大手が参入し始めていた。一冊あたり発送料金が二十円の差。ただ簡単には行かない。郵政という全国組織は日本の「日常」であり「暮しの支え」でもあるし、全国津々浦々に郵便局員はいる。国家である。配達率はほぼ百パーセント。対する民間は、カタログ配送に参入して間もない。ただ、競争と改革意識では、郵政の遥か上を行く。

F社のカタログは、一か月に三百万部ほど。六千万円の差。さてどちら？　F社幹部の要望は幼い。郵政で、二十円引きを要求するという、驚愕の方針を出してきた。郵政相手の値引き交渉の命令が、竹上と真一に下された。こういうところが、鈴木社長の凄いところである。常識とは遠くかけ離れている。義兄弟の村山専務も過度な従順性で社長に寄り添う。特に社員に対した時、これが際立つ。社長と一緒に攻め、要望する。竹上と真一がまた組まされた。M市の郵便局局長室。T市の郵便局局長室。両局長室に竹上と真一の姿があった。

「うちは客だ。要望を通せ」

これが鈴木・村山義兄弟の、いわば説話的な短絡性である。「なぜ、通らない。俺は嫌だからな」と村山専務の駄々。F社は、カタログの他にDMをほぼ同数、もう二十年ほど、M市郵便局に毎月、持ち込んでいた。その実績は、郵政にとっては、ウハウハだった。営業なくしてこの実績。さすが、国である。M市、T市の局長は、竹上と真一の前では、平身低頭。だが、いかんせん国である。要望は通らない。次の手は、首都圏のK郵政局へ乗り込むこと。一応である。結果は見えている。そして、竹上と真一は、上京したついでに、広告代理店を訪れ、掲載費の引き下げにあたった。結局、二人で上野で一杯飲んで、不平を言い合う。それだけだった。

カタログ宅配は、宅配率の良し悪しで決まる。それは客の注文率の高低に直接反映される。まずは、そのデータである。郵政と民間。ある特定の販売部門の購買客を真っ二つに分け、同じ条件で配送する。結果は？　やや注文率にずれがあり、郵政が二日ほど先行したが、二週間後に民間が並び、民間に遜色はなかった。配送費が低い分、結果、民間が選ばれた。さらに拍車が掛かる。カタログは一か月で約三百万部。ただし、客層の優劣、名簿の精度は様々で異なる。A、B、C、D、Eとランクがある。Aがもちろんお得意様である。以下、B、C、Dと注文率が低下する。三百万部の中身は、まことに闇の色を持っている。ただし、新聞広告を利用して注文が来た客の精度は確かで高い。ここが通販のユニークな営業構造であり、強みにもなり、また後日露呈する弱みにもなり、やがて、真一がひとり責めを負うF社の体質ともなる。

一方、全国の営業所が持つ名簿は広く多岐に渡り、よい名簿もあれば、その果ては名簿とは名ばかりの虚偽でもあったのではないかと疑われるふしの名簿もあった。名簿のレベルが全体的に低いのである。営業本部の拡大方針にもF社の特有の体質が、色濃く反映し、後の末路となる。

この時代、配送・流通の業界は、伸びる通販とともに、各社の競り合いが激化する。宣伝企画部の業務は拡大し、真一の業務は肥満化する。さらに民間の大手配送企業が手を挙げ、真一に声を掛けた。さらに十円引き。既に、商品の配送で流通部門と取引の実績のある大手である。専務と社長に報告。背景には郵政がはずれ、先行した民間一社だけでは、カタログの宅配量に無理があった。間に合わなくなっていたのである。

また、新規参入の民間の宅配率のデータ検証をする。遜色ない。
当時、F社は、すべてで二倍に伸び、新たに本社・流通センターが一万坪の敷地に建った。社員も四百人、パート二百人の規模になっていた。媒体は、カタログが主流。TVショッピングも加わり、全国の営業所の営業先も、大手百貨店、大手同業の通販会社、大手クレジット会社、大手生保、その他流通、団体、コープなど、F社スピリッツに洗脳された営業マンは、全国津々浦々に進出していた。各々の取引先には独自の名簿がある。そこへF社のカタログを宅配する。かつての日本軍のように前線は伸びた。順風満帆？　とも異なる。真一は、増える業務の責任に限界を感じ始めていた。増えるカタログ。新商品入りの本号、テーマカタログが常に新規に企画制作され、五種類ほどのカタログが、常に動いていた。もちろん、スペシャルDMも増加した。チラシも新聞・雑誌広告も。TVショッピングも加わった。

そこに、怪物企画が爆発した。たった一枚のB4チラシである。内容は、スイスの誰も知らないあるブランドの腕時計、九千八百円。男女十種類の腕時計が一カットの撮影画面でB4に刷られ、群馬県の山間部のある農協の受注で、ある日、新聞に数千部、折りこまれた。真一のグループのある女性デザイナーの制作で、いわゆる数あるうちの一枚である。

その結果、かつて経験のない注文数は驚異で、その情報はF社をまたたく間に駆け巡った。全国にそのB4チラシは、洪水のように、隅から隅まで折り込まれ侵入した。

さらにDMも送付された。全国の営業所は、津々浦々に浸食しているルートに、全部封入、投函した。F社はその腕時計で一色になった。そのB4チラシ一枚でF社の売上の六割を占めた。鈴木社長が呟いた。「F社は、腕時計屋になってしまった」。広告費も一番少なくて、一番売れる。すべてが一変する。まず、売上目標は、大幅にクリア。こうなると、すべての営業所も、腹を叩いて、「腕時計ならなんぼでも持って来い。売ったる」と部長クラスが満面の笑みで、宴会の席で調子にのる。社長さんも専務さんも、囃子立てる。ほんとうなのだろうか。その腕時計の開発当事者の小沢も、げらげら笑いながら、ふと一瞬、表情が止まることがあるのを、真一は見逃さなかった。我に帰るという感じだ。その気持ちは、真一にも判った。つまり、(次なる腕時計が、全社的に期待されている)。このスイスブランドの腕時計も、奇跡と偶然が、あるゾーンに入ったからだ。たとえば、腕時計の置かれた位置、角度、背景、撮影も偶然であったはずだ。なにかが一点ずれていた時、この大ヒットはあり得ただろうか。宴会の席は、ことほど左様にばか騒ぎするほど喜ぶべきものでもない。

真一は、次を思った。彼らは、前商品と同じか、それ以上を要求してくるに違いない。

ベンダーも味をしめて、次々と新サンプルを持ち込んでくる。

腕時計の二の矢、三の矢、四の矢の要求。商品担当の小沢と真一は、つるんでベンダーを訪問した。新しい腕時計の販売の動きが良くないと、専属のカメラマンまで紹介され、次元の異なる撮影を要求した。鈴木社長の経営プラスデザインから来る発案だった。高級そうな、しかもプライスも手頃な腕時計。しかしである。夏の炎天下の、腕時計のベンダー事務所のある日本橋界隈を、とぼとぼと歩く五十歳に近い二人の男の影が、色濃く歩道に焼きつけられていた。二の矢は微かに動いた。だが次は、なかった。神様は、解決策のなくなったこの二人の男を、どういう気持ちでご覧になっているのであろう？　F社の主力商品がなくなったのである。悪いことは続く。営業所には、多量の腕時計の在庫が残されている、という噂も流れた。

真一は、次々と発注がかかり納品される腕時計のチラシ在庫を苦々しく思った。村山専務の指示で出る経営管理本部発注の数々の印刷物は、手の付けようがない。しかし、この在庫を減らす業務は、真一が途中から管理している印刷物管理業務課に属した。印刷物を発注する経営管理本部には、発注する権利はあるが、印刷物の在庫を減らす義務はない。

この矛盾も、F社特有のもので、後々、影を落とすことになる。十年ほど以前の印刷物在庫もたっぷりあると連絡を受けている。とにかく減らせ、という命令が出て、その実績が問われる。

在庫の話になった。今度は商品の、である。線引きの出来ない在庫もあるとの噂が囁かれている。膨大な在庫は「宝の山」であるという、驚きの社長言がある。

面白い企画があった。これもF社特有の思想風土からの発想から出たおばけ企画である。「全品半額」。表紙にどーんと赤の文字。A4判で三十二ページ。紙はSコロナという、薄くて軽い高級紙を使用。郵便料金を抑えてページを増やす作戦だ。在庫をばんばん入れて、全品半額！　注文は本カタログを遥かに上回った。半年間、全国に出回った。原価率80パーセントでも、在庫処分。これで行けるか？　短い命だった。真一は、半年以上、このおばけ企画に振り回された。ただこの企画は、思わぬ副産物をもちこんだ。「全品」、「均一」、「50％オフ」という表現である。この発想も、後々、F社の足元を脅かすことになることを誰も知らない。そして、客観的なデータを情感で意味付けるという鈴木社長が持っている資質が、この先、さらに広がる。

反論のない組織。真一が反論を唱えると、会議の席上、ひとり小学生のように立たされるのだ。出席者に意見を求めると、その反論は全員に覆される。「ほら、真一、皆そうだ」。リーダーは強く正しく、教え諭す位置に、常にある。

この間に、真一は宣伝企画部の部長の職に就いていた。望んでいたわけではない。その重責を重荷に感じていた。最初から出世欲のない真一にとって、決して喜ばしいことではない。宣伝企画・制作。印刷物発注・納期管理。印刷物品質管理。印刷物業務管理課管理・投函スケジュール管理。開発部・美術工芸品課管理。制作のデジタル化準備。さらに、ある販売部門の売り上げ管理と営業。

しかし、この頃になると、F社のほとんどの部署が下降しはじめていた。真一の管理するどの部署を見ても、うまくは行かなくなっていた。

真一のこころが折れた。不眠が続き、不安が脳を硬直させ、身体は重くだるい。

この時代の日常は、午前の会議が午後にずれ込み、遅い昼食後、ただちに午後の会議に連結し、夕方にようやく区切りがついた。デスクに戻り、制作スタッフと打ち合わせ。さらに、販売部門と売上不足の解決策。デジタル制作担当の一人と現状況の確認。印刷物業務管理課と投函状況と印刷物在庫削減状況の確認。美術工芸品部と新商品開発の進捗確認。本日の会議議事録のまとめ。午後八時、本社から数キロ離れた利根川を越えた社長の自宅隣にある事務棟から呼び出しがかかる。真一は、密かにこの事務棟を「悶夜堂」と名付けていた。そして、今夜も悶夜堂の会議室に、ポッと灯が点る。本日の企画か問題事項の打ち合わせ。夜の部が再び始まる。

この時間帯には、宣伝企画関係の真一と、もうひとり大里という有能な四十代前半の二人が呼ばれ、村山専務も同行する。さらに、経営・経理管理関係で、中田という優れものが、後に合流する。毎日、午前零時頃終了。また、カタログの色校戻し日は午前零時をまわり、赤字を持って、制作スタッフと、東京のD印刷の営業マンが待つ本社ビルに戻る。待つ者の中には、もちろん、女性もいる。訂正作業が終わる頃、東の空がようやく明け始める。制作スタッフが帰り、真一とD印刷の営業マンが残り、問題点を詰める。大抵は、膨大な社長方針の赤字の量と、その訂正日程延長によるカタログ納期の遅れに集中する。また、今回も遅れてお叱りをうけるのか。

その結果、後日、毎回、出張校正となり、午前三時を回る頃、東京・新宿のD印刷から群馬へ帰路のタクシーをとばした。しかし、これは、まだ良い。

ちいさな、ちいさな数字のずれで、その頃から、山肌はぽろぽろ崩れ始めていた。しかし、山は、さらなる巨大化を目指し、肥大化しながら崩れる土砂も規模が増し、真一の眼には麓の小家が潰されてゆく光景が広がり、さらに、帰宅後、午前二時にビールを二本飲み、強烈な不安の中で睡眠は破れた。

一企画あたりの売上が、減って行く。宣伝企画の制作力による因子が、社内で問題化しているようだ。真一は、大いに不満だった。何かが悪くなると、どこかが原因になり責められる。そんなものだ。

会議。急激に悪化の様相を見せ始めた状況を目の当たりにして、しかし、それを直視せず、情緒を原理に置き換えて、V字回復方針を並べ立てる会議が名称を刻々変え、いつものように、社長のデザイナー的センスに彩られ連日開かれた。その方針は、毎日のように変わった。既に、その頃、朝の出社を渋っていた鈴木社長は、自宅で案を練り出社し集合をかけ、発表した。回復案は、それ自体では完結したが、理想は現実を決して動かさなかった。だから、場所を変えて夜の部の会議は、午前零時を過ぎても続いた。

特に「社長のカタログ細工」と、真一が密かに思っている作業に、真一は、うんざりしていた。ハサミで色校を切り、貼り、ひっくり返し、また元に戻した。行き着くところ、「今日が過ぎれば良い」。真一に諦めきった深い溜息が漏れた。

「基本方針は、正しい。お前たちが実行出来ないだけだ」

会議の席に沈黙が流れる。真一は考えた。実行出来ない基本方針は正しいか？　実行出来ない原因は、何か？　が先行し議論のテーマになるべきではないか？　村山専務が沈黙に耐えきれず声をあげた。

「真一のカタログ納期の遅れが大きな問題。また売れるカタログがない。カタログ配達率も遅い。社長、現に真一のところも売上、未達成ですよ」

村山専務が真一を睨みながら、口火を切った。この人は俺を基本的に嫌っているな。表情にありありとうかがえる。

「真一、立て。本当か？」

引きつった顔で、気持ちを無理やり抑えながら、鈴木社長が名指しした。全員の視線が、真一に注がれる。そのほとんどが、自分が名指しされなくて、まずは安堵している空気があった。

真一は立った。小学生のように。攻撃と批判の的となるのは、ほとんど真一の場合が多かった。こうなるのも、部長の職責と覚悟するほどの自覚も能力も真一には足りなかったからだ。村山専務には、それが真一の欠点として、長年、気に障っていたらしい。入社以来二十年間変らない宣伝企画課の職責にあり、さらに次々と、新しい職責がマグネットのように吸い付き広がった真一には逃げ場がまったくなくなり、攻撃に晒された。

立たされながらも会議は続く。利益を生み出す新方針……。

全員、無言のまま、鈴木社長の言葉を必死でノートにひたすら書き付けている。これがF社の主な会議のシーンである。会議録は当番制でまとめられ、社長室に戻される。社長方針を洩らしたとすれば、それはそれで問題化する。俺の言った方針が全社に行き渡らない。

「日暮れて、道遠し」……。

突然である。真一の脳裏に「徒然草」の一文が、浮かんだ。もう手遅れだ……。神様は、この日の経営推進会議を天からいかがご覧になっていらっしゃるだろうか？　F社の行く末は……？

「真一、今日のうちに反省書」と、鈴木社長。

そして、また、ある日の午後の会議が終わろうとしていた時である。村山専務が鈴木社長に進言した。

「真一の支払い延期状況計画が遅れて、どうしようもありません」

「真一、追加で、今の計画決意書。本日中」

真一は、天を仰いだ。

F社の新業務に「取引先別支払い延期計画」なる前代未聞の代物が追加され進行していた。真一の受け持ちは数億円に達していて遅れていた。これも職責上の追加業務である。

「攻撃責務」が重く、「守備責務」も広く重い。真一の悩みは、深い。

職務がひとつだけという社員も多数いる。そんな中に、部下なし、副部長、仕事ひとつ。

給料上という年上の社員がいた。頭脳明晰にして部下要らず。流石に鋭い。社内監査役にして探偵。頭髪は薄く、眼鏡の奥の眼は笑みの中に捜索の鋭い光。疑惑捜査。真一の部下である部署の課長を捜索中だという。業者との常識を超えた金額の癒着の疑念。その監査役は、真一に声をかけて、腕を放そうとしない。

「すいません。やることたくさん。時間ない」と、真一は嘆く。

あんたと俺は仕事の範囲が違う。そして、あいつがそんなことまでしているとはとても思えない。まったくどいつもこいつも。

この話は、真一が該当する課長に問いつめたところでらちが明かず、真一がその取引先業者を訪ねて、先方の社長にも会い、経緯を聞いたところ、故障して使い物にならない機械の一部を譲り受けたとのことで、金銭の提供は一切ないところまで話が来た。監査役と鈴木社長に経過説明して、真一はこの件から逃げたかった。しかし、監査役には時間がタップリとあるし、不正を明らかにする業務に忠実であったに過ぎない。天性の行き過ぎた猜疑心も適職だったに違いない。真一は、度々問い詰めるこの監査役を避けた。真一は怒鳴り出す寸前だった。「暇なお前がやれ！」と。

その後、間もなくである。「阿川真一も、あの課長と同じ穴のムジナだ」と、監査役が社内に話を広めた。真一は、あの男を相手にしない、ことに決めた。疑惑探しが業務であり、その評価は見つけた疑惑の数に拠る。数が多ければ、一応仕事はしていることになる。真一は、監査役の必要性は認めていた。ただ、自己評価を高めるための色めがねと猜疑心だけは困る。白を黒か灰色かに染め、上奏することは、むしろ監査役が重度の害になる。しかし、一方、常識の範囲を超えた癒着の噂は、他セクションではちらほら耳にした。八百万円のゴルフ会員権、高級外車の譲渡など、F社のコンプライアンスは、ひがみと偏向と猜疑心の塊のようなアクの強い監査役では、危うい。

真一に、三度も四度も、嫌なことは重なる。

「また皆に迷惑を掛けたよな」

村山専務が、真一に声を掛けた。カタログ宅配業者の一社のカタログ宅配率が極端に遅くなった。新カタログの企画が急務の時だ。真一は、その解決と対応にあたり、まるまる一週間を割いた。「利益計画が狂う。金で解決しろ!」。鈴木社長と村山専務の方針だった。

数日後のある夜更け、先方の宅配業者の社長と二人だけでF社の応接室で対峙した。外は音が聞こえるほどの風雨だった。すでに梅雨に入ってひさしい。そんな季節の推移にも気づかずにいた真一であった。恐縮して小さく丸まっている社長はひたすら詫びた。自社の持つ全国ネットが一時的に麻痺したとのことであった。「金で」対処。真一は、二千万円を二度、F社に入金するという補償にこぎつけた。これで、許してもらえるだろうか？

帰りの車中で、真一は深い孤立感に襲われた。「このまま行くと、俺は？」。ひさしく起こらなかった、あの感覚が、また責めてきた。

秋子の顔が見たい。抱きしめてもらいたい。

その夜は午前一時に目を閉じた。不安が来た。目がくっきり冴えるとともに、脳が硬直してきた。二億円に達する支払い延期、売上の未達成、カタログ配布遅延のペナルティ額要求、制作デジタル化の進行。身もこころも行き場を失い、ついに床から起きた。午前二時。雨は降り続いている。

隣に眠っているはずの秋子も目を覚ましていた。

「父の墓に行ってくる」と、真一。

「駄目、こんな時間に！」と、秋子。

真一はパジャマのままで飛び出し、雨の中を菩提寺に向けて車を走らせた。それしか動きようがなかった。墓前は深夜とはいえ、不思議に薄あかりが指しているようであった。雨は、しきりに降り続く。真一は、父の墓前で掌を合わせた。「助けて」。雨音が寺の屋根に、墓石に響く。

間もなくである。秋子が追って来た。後ろから、真一の背中を抱いた。「ううう」。真一が声にもならず、唸った。

自宅では三人の息子たちが待っていた。そう、もうすでに真一と秋子の間には、高校三年生、一年生、中学一年生の男の子がいた。

家族五人は、沈黙の中にいた。

「お父さんは、もう無理」

秋子のひと言に長男の一歩が頷いた。二男の研人と三男の千明も、それぞれの年齢と個性で真一の今を感じ、頷き、自室に戻っていった。

二人だけで、真一と秋子は、しばらく雨と風音を聞いていた。先日、過ぎて行った、気の早い台風にも負けないくらいの雨風が窓を叩いた。遠い昔、二人だけで過ごした、真一のアパートでの一夜が思い出された。ずっと二人は、一緒だった。

この夜の一件、この家族のあり様を、一枚の絵として、神様には見えていらっしゃるのだろうか？

真っ青の空に真っ白の雲の峰が湧きあがる夏が来た。そして、ソフトテニスのインターハイ予選。一歩にとっては最後の夏であり、二年生の時の出場に続いて今年も目指す。仕事に手の付かない真一は、昼休みの間に予選会場に駆け付けた。オムニコートは炎天下で燃えていた。秋子がいた。まだ勝ち続けているとのこと。研人は、二回勝ち、三戦目で敗れた。一年生で強豪枠にいたから、まあよくやった。千明は、今頃、中学校のコートで練習中だろう。真一は、こころをコートに残して仕事に戻った。

一歩は群馬県ベスト5に滑り込み、インターハイ予選の個人枠を勝ち取った。デュースを繰り返し、長期戦の結果の勝利は、一歩の性格でもあった。欲しいものは、掴む。それから数週間後、岐阜インターハイのソフトテニス会場に、真一と秋子の姿があった。

前回の岩手インターハイにも出場したが、仕事との日程が調整出来ずに応援には行けずにいた。今回は八月の第一土日曜日にあたったので、一歩が最終学年ということでもあるし、何が何でも、全国大会での息子のプレーは見逃せなかった。研人は、県内の強豪校でもあり、今回は、個人戦2ペアに加え、団体戦でも出場していたN大二高の仲間と応援に来ていた。一歩は1回戦で敗れた。全国レベルは、遥かに高い。鋭いプレーは、真一を圧倒した。敗れたとはいえ、心地の良い興奮を味わえた。良いものだ。こういう舞台でプレー出来た一歩が羨ましかった。N大二高もさすがだった。この日の戦いは、群馬県レベルを超えて、全国レベルの強豪校に変っていた。そういえば、県立T高校の一歩も気持ちの半分は、中学生時代から練習に参加しているN大二高が進学の希望先でもあった。この校名の入ったゼッケンを背中に付けて、ひらひら舞わせてプレーする姿は、一歩の憧れでもあった。監督からも誘われていたらしい。今は研人が、そのゼッケンを付けている。一方で、県立T高校も県内では強豪であり、過去にも、インターハイ、国体に選手を輩出していた。大学受験まで考えていたかどうか判らないが、県内の難関高校のひとつであった。これが、一歩の性格に触れた。欲しいものは、掴む。

真っ青な空に真っ白な夏雲の湧く岐阜の夏の一日。高校生の気合と歓声。

真一と秋子は、帰路、「のぞみ」の席で、うつらうつら、充足した気分に浸った。

F社の売上の内容は、アパレルが七、ハード（生活用品）が二、美術工芸品が一、という構成に変わっていた。二十年が経つうちに、比率は逆転し、売上額の伸びは急速に上昇カーブを描き、社員数も三倍ほど増えた。けれどもその底流に、大きな危険を孕んでいたことを誰も疑わなかった。アパレルに関しては無知である自覚がなく、単純な草の民の羨望感のみが先行した。

そもそもスタートは、家紋を刺繍した慶弔用ネクタイが火をつけた。売れに売れた。

しかし、これをアパレルと単純に決めてかかるわけにはゆくまい。真一は、これこそF社の得意とした、アイデアと企画力と開発力の集結した傑作であると確信していた。

もちろん、先行する他社のアパレルカタログは社内でも話題であったし、特に女性社員には人気集中、会員もファンも沢山いた。また、メンズアパレルは、ヨーロッパのトラッドなカジュアルを都会的洗練にくぐらせた、日本のトップ企業の子会社のカタログがリードしていた。

劣等感を払しょくしたい！　Ｆ社は、剥き出しの欲望のまま動きだした。単純、明快、無知、行動が決め手になり、一応、体裁の整ったアパレルカタログが出現した。

早期出現、早期衰亡。思いつくままに、生まれるカタログ企画。たちまち消えて行く新カタログ。アパレルは、無知の者にとって女神であり、同時に悪魔でもあった。

その秋、真一は、Ｆ社を諦めた。逃げたと表現してもいい。まず、部長職からの降格を願い出た。さらに退職願いも提出した。

「まあ、真一は、降りた方がいいな」

鈴木社長は、すんなり承諾した。

一方、退職には待ったがかかった。当月の売上げ目標が未達成の予測を述べると必ず、どの販売部門に対しても、口癖のように「おらあ、やだかんな」と駄々をこねる村山専務も、真一の胸の内は、感じていた。雨の降る真夜中、父の墓前に向かった経緯を告げると、

「それは、変だ」と微かな笑みを浮かべた。うれしそうでもあった。鈴木社長と村山専務と真一の三人はこの場のみの了承事項として話を隠した。

その日以降、体調不良を理由に、真一の出社日数が少なくなった。実際、不眠は続き、真一の管理項目の確認は、誰かを通じて、家の電話が、昼となく、夜まで鳴り響いた。電話口の向こうからは、鈴木社長の指示する声と村山専務の追加質問が聞こえた。重く不安で、臥した。

三人の息子たちがいて、その将来は？

責められるべきは、真一の身勝手である。しかし、暗泥色の沼にはまり込んだ生命体は、まずそこから抜け出すこと、一点だけにもがく。

本来は、良民であるべきである。市民である責務を果たすべきである。父親としての努めに徹するべきである。

秋も深まり、アパレルの総合カタログが、ぐんと主役に躍り出て活躍するシーズンインになっているはずである。前年の秋冬も二割落ち。その流れは、春と夏の低迷に続き、この秋の落ち込みとなった。空論が毎日、議題に上り、冬の強化策が、鈴木社長から宣告された。

王道を行くべきだったのである。数年前のアパレルカタログ創刊時に準備は出来ていたか？　次の次の見通しはどうだったか？　アパレルカタログという新媒体と単なる印刷物の創刊に舞い上がっていなかったか？

真一は、創刊当時、アパレルカタログのスタッフの蚊帳の外にいた。F社の立ち上がりから続く企画モノを主に手掛けていて、あのお化け企画も、その延長にあった。

カタログ創刊記念祝賀会なるものも、鈴木社長、村山専務、竹上室長、若いカタログ編集長の大里を中心に開かれていたと聞く。

カタログは、踊った。思いつくままに、テーマカタログが発行された。

三年ほど前に、カタログの編集長に真一が就いた。一時、下降気味にあったアパレルカタログも、V字回復を見せた。担当後、F社のその後三年間の商品選定は、真一がひとりで決めることとなってしまっていた。しかし、踊るカタログのステージはお休みがなく、連日押しかけたファンも疲れた。空き席が目立ち始めると、その流れは急速だった。離れた。誰が企画しても、カタログは衰退した。

あせらず、じっくり、王道を行けば良かったのである。

あくまでも、結果である。F社は、「けものみち」に迷い込んだ。踊る空論。毎日変わる方針。対処療法。

三国の山は、毎日、白さを深め、吹き出す風は、槍のように刺した。深夜、「悶夜堂」

と真一が密かに名付けた、鈴木社長の自宅隣の事務棟での不毛の会議が終わり、利根川を渡り帰る。行き交う車はない。

ある夜のことである。就寝しないで待つ秋子が言った。

「もう、いいよ」

そして、平成十三年三月、真一は、退職した。五十歳。

一歩は、新潟の国立大学に合格し、研人が高二になり、千明が中二になる春であった。

最後の日、退社する際に、真一はある女性の内線にかけた。

「さようなら」

「うそ……。さようなら……」

# 第四章

# ギアを入れてアクセルへ

南太平洋の真ん中にいて、カジキマグロを狙っている真一がいた。

空は宇宙に届くほど高く、真昼なのに星が煌めいた。

太陽のコロナが、頭上五メートルにまで届いている。

「おはよう。まだ寝ててＯＫ！」

秋子の高音の声が響いた。遠くの方から歩いて来る目覚めに気付き、真一は、いつもと違う朝を自覚した。「このタイミングで部屋を出て行くわけには。いかにもまずい」。ためらい、天井を見上げた。そこに、星はなかった。晴れた春の朝の、今朝に限っては時間の刻みが記されたような陽光が射し始めていた。

起きなくていい。いつもと違っていていい。真一は、身体が半分に割かれるような、軽い眩暈を覚えた。

階下から朝の音がする。しばらくして、収まる。研人と千明のふたりが、朝練に出かけた後だ。そうか、一歩は、既に新潟か。

何かが変わり、息子たちは、ひとつ、確実に前へ出た。

真一は、足音を消して階下に降りた。

出社不要。ある種の羞恥心が、こみあげた。

ダイニングテーブルのいつもの席に座った真一。

紅茶、パン一枚、ゆで卵、リンゴ。いつもの朝食。ラジオからは、いつものパーソナリティの時事を解説する声。窓の外からは、小学生の登校する嬌声。通勤途中の車のエンジン音。駅前通りに面した真一の家には、動き始めた今日という朝の音と気配が伝わる。

「職安に行かないと」と、真一。

「急ぐことないわよ」と、秋子。

いつもの癖で、秋子は、腕を組んでいる。

「わたし、十時からパートだから」

去年の暮れから、秋子は、駅向こうの工場で勤め始めていた。社会に自分のポストがあることは、一定の自信にもなる。専業主婦でF社時代の真一を支えた秋子の就業のブランクは、二十年を超えるが大丈夫なのだろうか？　誠実が持ち味の秋子だが、世間とか、他人とかに対しては、引き気味になるのも、秋子の性格であった。

その日、ひとりになった真一は、自室で、先日の新聞に掲載されたある大手企業の全紙広告に見入っていた。とても良いメッセージ広告だ。

「善きことは、カタツムリの速度で動く」のキャッチコピーが胸を衝く。

ガンジーの微笑みのイラストとマッチした広告に、真一は見入った。

春が来た。真一だけに見え触れることの出来る春は、F社へ行かなくてもよいという新しい日常に保障された、心底からの喜びに溢れていた。肢体がしなやかに伸び、呼吸がふかく、脳が解放され、笑みがもれた。好天の午前十一時の庭に出た。ウイークデイである。陽射しの明度が、いちだんと明るい。あの二十年も続いた冬の時代に戻らなくてすむ。しかも、春である。なにもしない一日が過ぎた。

二日目の真一に、ある違和感がよぎった。家人は、それぞれ行き場所がある、という真一との歴然とした差に気付いた。日常の目的がある。

春。しかしそれは、真一だけに訪れた架空であった。

爺さんは山へ芝刈りに、婆さんは川へ洗濯に。そこへ桃太郎が、どんぶりこと流れつき、二人で育てあげる、という昔語りがこの国の人の営みの基本だと思われる。時代が昔々ではなく平成へと変わり、桃太郎が一人ではなく、一歩と研人と千明という三人の男子であり、爺さんが真一であり、婆さんが秋子という現代人に変わっただけである。

新たに訪れ、降りかかる現実。茫々とした関東平野よりも広く、真っ白で、先の見えない平たいもの。再び新たな孤立感が生まれ、肥大化してくるのを、真一は、一人だけで受け止めねばならなかった。しかし、今度は、秋子と共にある。

「お給料は、いかほどお望みですか?」

ハローワークの堅実そうな中年の職員が訊ねた。いかにも自分の職業は安泰で暮しも堅実、そして実直な父親という態度だった。「向こうの世界」の人だ。カウンターを挟んで真一は答えに窮した。職員の煙草の強い臭いと黄色がかった歯の動きが気に障り、カウンター越しとはいえ胃のあたりに不快感が突き上げてきた。

「およそ四十万円ほどでしょうか」。真一は、胸がどきどき騒ぐのを抑えながら答えた。この額では足りない。プラス十万円、さらに年二回の賞与が上積みされる額が本音だ。以前の収入の数字に拘る真一は、まだ世の中の状況に無知だった。

眼鏡の奥の目玉を真一からはずし、「そうでしょうねえ。元の収入を考えた場合、そうでしょうねえ」。強い加齢臭を放ちながら職員は溜息をついた。その奥には、自分の収入と比較した困惑も含まれていたに違いない。真一の拘りは、「息子たち三人を大卒に」の義務を負う。その為には、少なくともF社時代の収入があって、なおかつ倹約して学費を絞り出す。拘りの中心は、その一点に注がれ動かなかった。己の実力にも鈍感であり、社会の実態にも無知であった真一は、「不幸な人」だったに違いない。

つまり、ある不安が消え、また新たな不安が起き上がる。そういうことだ。

「安定」という言葉が胸を突いた。F社時代の「第一の地獄変」からは逃れられたが、代わりに、自由で不安定で無収入という「第二の地獄変」が待っていた。

真一は、孤立感に沈みながら、失業保険金、月々二十九万八千円支給という書類を持って帰宅した。誰もいない。家族は、それぞれ学校があり、勤め先がある。それが、世間の常識と行動であり、決まった日常というものだった。

ソファに身を沈めた真一を、大きな風船のような不安が包み、圧倒的な現実に身を縛られ拘束されて、長い無音の時間が過ぎた。

秋子が帰宅した。おずおずと今日のハローワークの様子を語り、失業保険支給額を秋子に伝えた。そしてこの時、真一の胸の暗闇にちいさな灯りが点り、救われ解放された。

「これが一番いいわよ」

秋子の言葉は、明快だった。ある外資系企業の工場へパートにでている秋子の見慣れない制服と笑いさえ浮かべた表情が新鮮だった。

秋子像が、この瞬間、変わった。

現実を見つめる眼の確かさ。もともと、こういう能力に長けていたことに、真一が気付かなかっただけのことかもしれない。己のことしか考えず、仕事と不安に支配され続けただけの真一には見えなかったということだ。我が家の暮しをコントロールしてきた専業主婦が、いかに能力を必要とされるか、真一は、改めて気付かされた。

小学生の二人、中学生の二人、高校生の二人、大学生の二人、友人か恋人かのような二人、そして、夫婦になった二人。同じような風景を眺め、同じような感慨を持っていたものだと思っていたが、実は、お互いに変節を繰り返していたのである。

「月、二十九万八千円、だまって入って来るから、大丈夫」

秋子は、ある自信に満ちていた。

「いやいや、その後、その後、支給がなくなった後」

真一は、それからの遥かに長い暮らしを見通すことが出来ないまま不安を口にした。

「学費に家のローン」と真一。

「ローンは、退職金で返し、残り少なく」と秋子は、決めた。

けれども、今までの年収額が、真一の頭から放れない。拘りは、肚の奥底深くに蠢いていた。ギアを入れてアクセルへさらに、頭脳の切り替えの悪い点が、以降の真一の行動の鈍さに繋がってくることを、まだ気付かないでいた。

「爺さんは、山へ芝刈りに行かねばならない。そして、その芝の量は毎日、毎日、一定でなければならず、少なくてはいけない」

ことあるごとに毎日、この拘りが真一を縛った。このように、この年の春はスタートし、真一を除いては、いつもの春であり、ただ五十歳の失業男にも、いつもの春風はそよいでいた。

突然、無為無策になった男。部屋という箱の中にしか居場所を見出せない人。逃げだすようにハローワークに通い、就職情報誌に目を通し、面接にすがった。その度に、「五十歳の履歴書」は書かれた。

ただ悲しいことに、失業保険支給額を超える給与を払う仕事は皆無だった。この世はこういう仕組みで出来ている。避けるべきは、失業という断線であり、世間に独りで飛び出した五十歳の男に、良い継続という場は、極めて稀であるという、当り前の現実だった。真一のスキルを要望する企業は、残念ながら県内にはなかった。

朝が来て、夜が訪れる。自宅のリビングからは、近くの居酒屋が見える。そして、毎日決まって夕方五時になると、紺色の暖簾が出され、ぽっと、赤ちょうちんが点る。

真一は、毎夕それを見て、あれが正常であり、世間というものだと、孤立した五十歳の男として寒い気分を覚える。

夕闇に浮かぶ赤ちょうちん。一生忘れられない光景。自分との距離。断絶。あの赤ちょうちんと紺の暖簾をくぐると、そこに安定というものがあり、普通という世間があり、客同士の談笑のなかに、まともな人生というものがある。

一人の五十歳の男の失業などとは、まったく無関係に季節は進み初夏が訪れた。陽射しの眩しさに比べて、どんよりとした暗い気分。そこから逃れるように、昼食後になると車で出かける。行く先は？　ない。ＦＭ高崎からは軽いポップが流れている。すがるように、知り合いの撮影スタジオの方に向かった。初代LCツーリングワゴンのスポーティなエンジン音が、今の真一にもいくらか心地よく響く。そんな時には、あのF社時代の「第一の地獄変」から逃れられた解放感と、行くあてのない孤立感が入り交じり、ささやかな自由というものも感じる真一がいる。

Sスタジオを訪ねると、社長兼カメラマンの関谷氏とアシスタントの江口女史が笑顔で迎えてくれた。白を基調にした現代デザインのスタジオの庭には、外車が並び、羽振りの良さを主張している。

外国犬が眠そうに、真一を見上げた。

「真さん。仕事スタートしました？」と、関谷氏が笑顔で訊く。

「いやいや、うろうろ。あてどなく」

個人の起業が世間に流行しはじめた頃である。実は真一も個人で名刺を作っていた。ディレクターとコピーライターの名目で、実に、うすっぺらで嘘の臭いがふんぷんとしていた。

「東京のA社が腕時計の撮影を頼んできた。F社を避けて個人の俺のところへ話があった。出来る？」と、真一は弱々しく訊いてみた。

世間の信頼というものがまったくない真一個人の仲介は、どきどきの依頼だった。

「ああ、あのA社ね。OKですよ」と、関谷氏が快諾した。

失業後、初めての個人の仕事？　5カットくらいの小さな仕事ごときが、真一のスタートとなった。しかし、これはくちききという程度で、実際の業務は、SスタジオとA社との間で行われた。収入はゼロ。遊びだった。それでも、真っ白な紙の上に、小さな小さなピリオドを点じたくらいの、ささやかな実感があった。

香り高い珈琲をいただきながら、話題はF社に移った。この春から急速に支払延ばしが始まり、Sスタジオまで要求が伸びたという。（撮影まで来たか）真一は反射的に頭を下げた。

「F社が危ない」

この類の話は、素早くF社を取り巻く企業に伝播していた。ただ、この業界では、こんなものは噂話程度で、いつでもどこかで囁かれていた。名指しされた企業は、平気で通常通り成り立っていた。しかし、噂というものも、判らない。ある企業を倒産させようと誰かが思い、噂ひとつを起点にして、少ない例だが、それが現実になる場合もあると、真一は、昔、誰かに聴いた覚えがある。

そんなものだろう、と思う。黒字、赤字。売上の拡大、縮小。そんな波乗りをして企業は、生き延びる。

Ｆ社の話を聞いた時の真一も、その程度に思っただけだった。ただ、全部門が売上に苦慮し始めて数年経ってから、ある一部門の売り上げを任された真一は、毎月、苦戦。実態の報告は通らなかった。それでも、全部門を集計すると、右肩上がりの決算になるのが、不審だった。どういうことが起こっているのだろう？

そして、支払い延ばしの基本方針。

珈琲をおかわりしながら、記憶を辿った。ただ、この類の話は、今の真一の立場からは遥かに遠く、あの「第一の地獄変」が消えた今は、今日という一日が夕日と共に沈んで行くのをただ眺めている自分があった。Ｓスタジオのある玉村町は、麦畑が広がっている。間もなく麦秋に彩られる玉村町を後にして帰宅した。

一日、一日が何事もなく暮れる。漠とした不安の球体の中に閉じ込められながら、その日の終わりを眺めている真一に果たして、実があり、生計を守り、息子たち三人を等しく大学を卒業させるという、秋子と交わした約束を果たせる、そのチャンスは訪れるのか。

秋子は、きちんとパートに出かけ、帰り、真一と研人と千明の夕食をつくり、一日を全うしている。その芯はぶれない。五十歳を過ぎた歳の割には若く見え、化粧なしでも透きとおる顔立ちで、鼻歌まじりで動きまわる姿に、真一は救われている。キンモクセイのような爽やかで艶があり、よく透る声は、秋子のシンプルな性格に相まって、暮らしの中に、冴えて響いた。

初夏は深まった。この地は、光も風もきっぱりとして霞むことを知らない。碓氷峠の上に聳える浅間山は、日本の山のかたちというより、どこかシルクロードの奥深くの雰囲気がある。その浅間が澄んだ青になると、真一の気持ちも幾分か晴れてきた。春先のマイナスのスタートから、暮らし向きは低いとはいえ、それはそれなりに落ち着いてきたのかもしれない。ただ相変わらず収入は、真一の失業保険と秋子のパート代であり、秋子は、それを工面していた。

社会のしんがりともいうべきこの暮らしぶり。三人の息子たちの進路が決まってきた。長男の一歩が、新潟の国立大学に入学したので、研人と千明の進むべき道も、地方の国公立に限られ、可能ならば徒歩でも通える近所の高崎市立の経済大学に一本化された。学費さえ頑張ればなんとかなる。もちろん、本人返しの奨学金も念のため借りる。二人には、明確に伝えていなかったが、それとなく、それとなく感じていたようだ。

息子たち三人とも、大学を卒業させる。

失業した真一に、先の見えない暗い不安定の中で、強い思いが根ざした。暗闇にいる真一には、一方で、息子たちの教育だけは確かな目標として成し遂げたい決意が、こころに芽生えた。これだけは、譲れぬ真一であり、秋子も同じ思いだった。

今日もない。ハローワークにも就職情報誌にも、真一の納得出来る条件はない。希望額を下げてもない。ただ、「五十歳の履歴書」は書かれ、面接も、週一回程度は続けていた。

そんな折、あの東京のT印刷の名古屋支店の営業から電話が入り、東京駅の丸の内中央口に近い喫茶室で待ち合わせとなった。ひさしぶりに東京に出た真一は、もう肩書きのない、孤立無縁の一人の中高年でしかなく、緊張感に襲われ、後悔し始めていた。相手はいかにも大手企業の中堅営業マン然とした口ぶりで、要件を語り始めた。ある通販企業が、中高年の女性向けのアパレル新カタログを立ち上げたいので、そのスタッフの一員にという内容であった。

漠とした不安が湧く。

それもその通販企業は、静岡ではないか。群馬の中高年が一人で乗り込むには、まったく現実味がない。「進む人」ではなく「立ち止まる人」である真一は、不適格者としてたちどころに見破られた。話は、その場ですぐ途切れた。

ただ、大手企業から声をかけられたという、ある種の充実感が心地よく、帰路の高崎線では昼間独特のガランとして空いた車輌の静けさの中で、真一は、うつらうつらと眠った。

ただし、往復四千円ほどの電車賃を使ってしまった後悔が胸をちくちく痛めた。この四千円は取り返しがつかない。つまり、真一の家庭には予算などという概念はない。ひたすら、一日、一週間、一か月を、いかに暮らし抜けるか、それだけだ。

家計は秋子がみていた。というより、真一にはその能力がなかった。「山へ柴刈りに行く」ことしか能がなかったため、それはそれで良しと諦めていた。どういうやりくりをしているのか、まったく判らないうちに、秋子の管理の元で日々は暮らせた。ただ、銀行預金の残高は、確実に減っていたように思う。その先は？　真一は考えるのをやめた。少々の「柴」を持ち帰れれば、それはそれでよしとした。もっとも、仕事の収入は、未だない。爺さんは、柴刈りの役を果たせていない。

いつものように、近くのスーパーマーケットに二人で買い物に行くのが日課となっていたある日のことである。店に入ると突然飛び込んでくる光景。色鮮やかな赤や黄、オレンジ色の季節のフルーツが盛り上がり、甘い爽やかな香りも高く、みずみずしいグリーンの野菜類は、ひんやりとして心地よい。真一の気分も明るい。

ただし、二人の買い物は、リアルに家計を表していた。米、味噌、醤油などは仕方ないが、その他の食糧は、三百円を超えるものには、手を出さなくなった。二人は基本的にこれを守り、三百円の値札の前は通り過ぎた。美味しそうなフルーツも、お刺身も、ウナギなどは論外、食品は、一品につき三百円以下が原則。たまに、三百円を超えた生活用品が必要となった時、真一は悩んだ。仏壇の生花、線香もためらう時があった。この類を買った後の気持ちは複雑だった。もちろん、外食などは、ない。

幸い、研人も千明も「平気」だった。この「平気」が息子たち三人の持ち味だった。言葉には出さず、すべて解っているようだったと思う。真一は、胸の内で頭を下げた。

ビールに手が出なくなった真一は、焼酎甲類のドデカク安いアルコールに変えた。くすりのにおいがした。荒々しい名前の筆文字も勢いのよいボトルが、明らかに暮らしを変えた。やがて、くっきりとした夏が来た。上州の空はさらに青く輝きを増し、真っ白な雲の峰が鮮明な輪郭で三国山脈の上に盛り上がった。この地の夏は明快である。Tシャツと短パンとサンダル。太陽、空、雲の峰、そして熱風。疑問とか不安とか思考とか将来とか、複雑な胸の内とかが、一瞬の夏で消え失せる。真夏という単純の中で、真一は、具象から抽象化された自己を感じる。閑とした真昼の道路の真ん中に立ち、自分の影の黒と光の眩しさの明快な対比の中に解放される。

真夏になると、真一は精気が増した。

ある日の昼下がりである。カレーライスを喰って、氷水を飲んで、うつらうつらと眠気が襲って来た後、昼寝の真っ最中に、真一の携帯が鳴った。退社後、数度しか鳴らなかった携帯に、どこの誰？

「どうしている？」

一年ぶりに聞く吉田の声だった。

「ああ、暇だ。まるっきり真っ白だ。何だ？」

単純で素直な旧知の間柄の会話。

「実は、手伝って欲しい。来年の春にはカタログを立ち上げたい」

夏は、ラッキーな予感の季節でもある。いよいよ、来た。

「OK、OK。元気だった？」

真一は気安く軽口になった。待ちに待った誘いである。それも手の内に収まる仕事だと思われる。一瞬、吉田と飲みながら、仕事の内容でも話したくなった。

「ひさしぶりに飲もうよ」

真一は肚の底から、うれしさが込み上げてきて気軽に誘ってみた。

「馬鹿ぬかせ！　そんなヒマあるか！　F社とは違う！」

元々、F社時代は、のんびり屋で、仕事も部下任せだったイメージの吉田が変わっていた。真一を叱り付けるような声が電話口から大きく響いた。能力は一流の吉田だった。

この時代は、学生の就職氷河期の真っただ中にあり、その出口は見えなかった。世の中の能ある鷹は、一様に起業を目指していた。貧困と不安。企業は門戸を閉ざし、新しい風の流入を止めた。新しい風を吹かせるならば、自分一人。特に若年の連中にその気運が高く、激しく吹き始め、五十歳を超えた吉田も、F社時代の元部下の園山が立ち上げたTVショッピングのTSI社に潜り込んでいた。

「カタログ発行の準備を始めたい。ついては一度、顔を出してくれ。園山にも会わせたい」

道が見えてきた。明快。単純。一筋のライン。

真一に湧き上がった、真夏の輝く高揚。

その発光体は、紛れもない切れ者の異名で知られた吉田という男からの依頼だった。

どちらかといえば真一は、行く人、動く人ではなく、待つ人、ものぐさ太郎であった。

いよいよ追いつめられて、物欲しそうにお菓子に、やっと手を出す子供と同じレベルの性格に似ている。そして、春先から夏まで、定期的にハローワークへ行き、就職情報誌にも目を通し、残った時間は、自分の部屋に閉じこもり、「書斎ごっこ」をしていた。

「何か」が動き始めている。予感は当たった。

八月の中頃にさしかかった夕刻である。自宅の電話が鳴った。また何か得体の知れない売り込みか、先物取引などを名乗る詐欺まがいの内容だろうと思い、無愛想に電話口に出た。受話器の向こうからは聞き慣れない男の声が。

「ああ。スズキだが」

まことに尊大で低い声が、ゆっくりと、名を名乗った。唐突である。

「スズキ？　スズキ？　ええ、どちらさまですか？」

まったく見当がつかない真一は、ボケ声で訊ねた。まるっきり記憶がなかったからだ。

さらに気分も悪い。相手は応答をしない。真一は、不快な電話は、一方的に切ることとしていた。

「ボケてるんじゃあないよ！　おれだ！　スズキだよ！　真さん！」

リビング中に響き渡るほどの甲高い声に変わった。耳をつんざくボリュームのある声と共に、その一瞬、閃いた。Ｆ社の社長の鈴木である。そう。いつものような口調で話してくれればよいのだ。毎日、叱られ、文句を言われ、問い詰められていた真一が鈴木社長のあの声を忘れるはずがない。

「ああ！　ああ！　ああ！　社長」

半年前の真一に、一瞬戻った。同時に、いったい何がおこっているのか？　頭の中が白い渦巻でいっぱいになった。

「相変わらずだな。仕事は何している？」

その声の底には、鈴木社長にしては、かすかな不安が感じられた。

「いや。何もしておりません」

返答する真一の声は明快で、ある自信にさえ満ち溢れていた。さらに、反感さえ覚えた。

今の自分が、Ｆ社とはまったく断ち切れた立ち位置にあったからだ。何をしているか？

そんなこと答えられるか！　だいいち、俺が退職した原因は、アンタが作ったはずだ。連日、深夜に及ぶ会議や、真一が体調不良で床に臥せている時でも、自宅まで誰かを使って、電話で問い詰め追いかけさせたのは、アンタじゃあないか！

どす黒い記憶が蘇えった。

「実は、会いたい。話がある」

あの鈴木社長が、平身低頭の声色で真一に懇願している。真一の気分が変わった。異常だ。鈴木社長に何かが起きているか、Ｆ社に事変があったか？

その時、「お父さんただいま」。秋子の仕事帰りの声だ。「おかえり」とは、今の状況では返答が出来ない。真一は、電話に集中した。

「いつでも、結構ですよ」

答えた後、真一は後悔し始めた。こういうところが真一のダメな一面だった。早速、翌日の夕刻、前橋駅近くの喫茶店で会うことになった。どうなるのだろう？　思いは、廻った。翌日、前橋駅に向かう真一は、不思議に考えたり、思ったりすることが、まったくなかった。ただ、社外の喫茶店で鈴木社長と二人きりで会うという想像も出来ない設定に、少しばかりの不安と緊張があり、さらに、往復五百二十円の電車賃が気になった。

相変わらず前橋駅は、小さくて、寂れ、人通りの少ない駅前は暗く蒸し暑かった。誰かが飲み終わったアルミ缶が転がっている。その闇の中に目指す喫茶店が、ぼんやりと薄明りを灯していた。

鈴木社長は、ひとりだった。腰巾着のように、くっ付いていた村山専務のでっぷりとした姿はなかった。意外だった。

アロハシャツの男が夜の窓外を眺めていた。視線を凝らして見ると鈴木社長だった。いつもは渋いネクタイで決めている記憶しかなかった鈴木社長のアロハ姿に、今さらながら異なる一面を見たようだ。それにしても、この店の薄暗さと異常に冷え切ったエアコンが気になった。真一は、ゆっくりと近づいた。客は鈴木社長一人。

「おお、おお。しばらくだな。元気か？」

「まあ、まあ、まあです」

真一は、二人に不思議に構える姿勢が、まったくないことに気付いた。半年ぶりに会った時間という感慨も薄かった。アイスコーヒーを注文しながら、おそらく、不味いに違いない、と直感した。

薄笑いを浮かべ照れ臭さを隠しながら、鈴木社長が声を低くして言った。

「単刀直入に言おう。頼みがある。会社に戻ってくれ」

火山が足元で爆発した。予期せぬ言葉に、真一は一瞬、無になった。どういうことだ？腕を組み、深く呼吸をした。頭の中を整理する場合にでる真一のいつものスタイルだ。そして、肚を決めゆっくり発した。

「戻りません。折角、辞めたのですから」

「頼む。今、カタログを田所とその仲間が作り始めたが、まったく売れない。俺には相談なしだ」

話の様子では、社長直々のカタログ制作体制が、若手の反撃に遭い乗っ取られたらしい。以前から批判的だった田所の得意そうな顔が一瞬過ぎった。

しかし、真一も当時の体制には反対だった。社長は、社長業に徹していればよく、主力のカタログとはいえ、担当者がいるわけだから担当者に任せるのが当り前のことだし、世の中、そういうものだ。企業体制などというものは、特にF社程度の規模ならば、シンプルならシンプルなほど良い。昔流行ったルービックキューブのような、眩暈をもよおすような体制では、絡み合い、解きほぐす作業が、仕事そのものであるのではないかと錯覚する。方針が日々変わり、その度に担当者が変わり、会議資料を作り、その打ち合わせを何だか不明のまま行う。仕事が「仕事細工」のような日々が続き、仕事をした気分になっていた。

「新体制には、賛成です。問題は、新担当者の力量とセンスと一番大切なコミュニケーション能力です」と真一。

「どういうことだ？」

やはり、何も変わっていないな。この社長は気付いていない。真一は強く思った。年々、伸びた十年前の体制がまだ忘れられていないし、その手法に留まっている。今もその動きを続けられないのは、おかしいと錯覚している。まるで、適応障害のように。

「Ｆ社に先はあるのでしょうか？　新担当者には、力量はなく、まして、リーダーたる能力はまったくない。彼にあるのは、自我流の批判癖だけです。だから、的はずれになる。作る人ではない」

真一には、Ｆ社が崩れかけ、濡れそぼった段ボールに見えてきた。ましてや、その中身は、シュレッダーにかけられた役立たずの紙屑にすぎず、喫緊の「再生」が、ますます遠くなった気がする。

溜息まじりの沈黙が続く中で、鈴木社長の肩越しに、午前二時まで続いたあの頃の「大人達のカタログ細工」の様子が浮かんだ。半年前のことだ。あの時も、煙草の灰皿は、吸い殻で山になった。今、目前にある灰皿も同じく溢れかけている。その沈黙に真一は耐えきれなかった。

「社長。私も折角、辞めたのですから、折角の良い機会として、社長もお辞めになり、この際、お好きな絵画の道を目指されたらいかがですか」

躊躇のない真一の言葉に、鈴木社長は、今まで見せたことのない困惑の表情を浮かべ、窓の外に視線を移した。アイスコーヒーの氷が溶けてしまい飲む気にもならない。

「戻って来なくてもよいから、時々、話し相手にはなれるか？」

「いつでも呼んでください」

確かに社長は、深い孤立感の中にいた。真一と会い、わざわざ相談を持ちかけたのも、奥様の勧めにあったと打ち明けた。半年も前に辞めた元一社員に、である。

思えば、鈴木社長とは、入社当時は、仕事とまったく無関係の話題に一日中、花を咲かせていた。当時の伸び行くF社は、すっきりとシンプルだった。清冽な春の雪解け水が流れるように、一日、一日が過ぎた。今とは異なる道もあったはずなのに、いつから、「実」から「虚」に変わってしまったのだろう？　数字が膨らみ社員が増えて行くのは王道だろうが、企業風土という肉感的なものもあるはずだ。良い準備もまったくなく、アパレルという一見、華やかな世界に手を出してしまい、その見た目の鮮やかさに舞い上がった。新しいアパレル文化は、企業トップには、とても魅力的な若いひとりの美しい女性にでも見えていたのだろうか？　真一は、先ほどから店のカウンターに座っている白いワンピースの女を眺めながら、ふと過去を振り返っていた。思い返しながら、眠くなった。

小声でトーンも低く、ただ煙草の本数が半端ではなく多いこの男二人の口数は、極めて少ない。

「今週金曜日にサンプル展示会議がある。顔を出してくれるか？」

弱々しく、しかし半ば強制的な社長の要請だった。

うむ。厭だな。

真一は、思いとは逆の返事をしていた。

「かまいませんよ」

答えたそばから、後悔した。駄目だな、俺って。

小銭入れから四つ折りにした千円札を出して延ばしながら、鈴木社長がレジに向かった。

変な癖は相変わらずだな。真一は、鈴木社長が金を払う時の独特の癖に呆れていた。

帰宅する電車の窓に写る真一に、誰にも説明出来ない深い孤立感が訪れた。土曜日の夜の電車は空いていた。いかにもおかしい。前橋界隈では、あの巨星と注目されていた鈴木社長と、五十歳でその会社に見切りをつけて退職した真一が、古びた喫茶店で向き合っている。決してひとりでは外出が出来なかった鈴木社長が、アロハシャツを着てうなだれている。そのこころの内は、真一ほど単純ではないはずである。個々のこころの奥に巣喰っている解きほぐすことの出来ない絡みを、会話の狭間に見つめている、先程までのふたりの姿を思い返してみた。窓外には、疎らな前橋の灯りから、きらびやかな高崎の光の束が写りはじめた。真一は、ホッとするとともに、一体、あのそれぞれの思いに沈んだ高年の男ふたりの光景は、何だったのだろう？　ふと、そういえば、今夏の甲子園の優勝校はどこだったのだろう？

思い出せないまま高崎駅に着いた。

まだ、こころが揺らいだまま、アルコールを欲している真一がいた。途中下車して田町にある潮浜へ。もう一人の真一が促した。

潮浜。もう十八年通い詰めた店だ。無職になって縁遠くなっていたが、今夜は、あのカウンターに座り大将にも会いたい気がしている。駅から最短距離で目指す潮浜は、今夜も薄灯りの看板を出していた。少し動揺している胸を抑えて、いつもの暖簾をくぐり、戸を開けた。

数秒間の迷いがあった大将が、「おや、まあ。どこのだれかとおもった」と、うれしそうに声をかけた。大将の方から、いつもの調子で受け入れてくれたので、いつもの調子で、いつもの席に腰をおろした。

「仕事見つかった?」

「いやいや、まったく」と、真一は天井を仰いだ。

高崎の医者連中が客の主力だった潮浜だが、そういう上客はめっきり減ってひさしい。土曜日の今夜も八時を廻った頃なのに、客は真一ひとり。お手伝いの圭子さんも、もじもじしている。有線で静かにジャズが流れている。

「S印刷の甲宮翁、来る?」

「いやいや。真さんが辞めちゃったら、ぜんぜん」

「今夜は、最初から、地酒、冷やで」

ブルーのガラス製の徳利と、ぐいのみがギンギンに冷えている。喉ごしに地酒もいちだんと冴える。

「この飲み方でやると、安い地酒も澄み渡るね」

「高級も低級も同じ。うちは、儲かんない」

「いや、この地酒表示は、サスガだよ。美味く高く思わせるもの。だいたいどこの何という銘柄だか不明なのが賢い」

「ところで、何、作る？」と、大将。判っているくせに。

「カツオのタタキ。にんにく」

「あいよ。鱧も美味いよ」

「じゃ、次、それ」

「今夜は、生、いかないの？」

「無職。金ない。のっけから、ぽん酒」

「酔うよ。うちのは、濃いからね」

「もうないよ。もう一本追加」

「あいよ。地酒冷や、追加」

圭子さんが、めずらしく、お酌をしてくれる。こういう時、女性の顔立ちは変わる。圭子さんは娘がふたりいて、女手ひとつで育てている。

五本飲んで、夜は更けた。

「貧乏は三代続くよ」という潮浜の大将の言葉を真一が披露すると、「いや貧乏は遺伝するそうですよ」と返すアドライフの社長の久原氏。ああ言えば、こう言うセンスに長けたクリエイティブな事務所の社長と小さなカフェで話し込みながら、Ｆ社の鈴木社長との先日の経緯を伝えた。

「ああ、それは、ボランティア。ボランティア。ぜひ、支えて差し上げた方がよろしいですよ」と、久原氏。真一は、Ｆ社時代から取引のあったアドライフの同氏を尊敬もし、憧れてもいた。まさにクリエイター百パーセントの久原氏。そして、その事務所のメンバーは、良識を排し、個性に徹している上、無口だった。人材の採用にあたっては、面接の折り、過去の作品は一切参考にせず、センスのある非常識度を採用のポイントにしていたという。真一は、失業後、気が向けば、アドライフに顔を出し話し込んだ。そして、アドライフとＦ社との関係も、既に切れていたことを知った。支払い延期要請が原因だろうか？

約束の金曜日。真一は、真っ赤なＴシャツに、真っ赤な短パンに、真っ赤なサンダルで、Ｆ社の玄関に入った。加えてアゴヒゲもたくわえて。

受付の女の子に、笑顔で軽く手を上げ、いつもの展示室に向かった。女の子は立ち尽くしていた。後で叱られるかもしれない不安顔の女の子。半年前までの真一とはイメージが変わりすぎて、まったく気付かなかった様子だ。大丈夫。社長様の了解済みだ。

商品展示室のドアは、開け放されていた。中からざわついた声が漏れてくる。少しばかりの疎外感を振り落として入室した。

馴染んだ顔が並ぶ。商品が並ぶ。冬号用？　まさか？　準備は、さらに遅れていた。

「今日は、ワシが特別に、阿川に来てもらった」

社長の言葉に、真一は、ちくっと反発した。辞めて半年、今になっても呼び捨てかよ。

社長一人対、企画・開発・営業のメンバーが、ひんやりと冷えたエアコンが効きすぎている中で、みごとに対立していた。

何しに来た？　沈黙の反感が、真一に一斉に向けられた。真一は、赤の勝負服で凌ぐ。

ざあっとサンプルを見る。なにも新しくないし、なにも生まれてはいない。F社流の商品サンプルが目新しくもなく、だらだらと並べられていた。それでも点数だけは増えている。

しばらく、異様な空気と間合いがあった。

「実は、期待してきたわけですが……。これでは申し上げることは何もございません」と、真一は全員を見回し、きっぱりと言った。

以前より増々悪くなっていると、正直に言ってしまえばよかったのだ。「本気」ではなく「雰囲気」に傾く。その社風に触れて、ただ、半年間の懐かしさだけが残った。それだけである。

夏も終わりの兆しが見え始めたその日の夕暮れ。F社からの帰り道、真一の脳裏に「末路」という言葉が浮かんだ。F社の行く末である。

秋の気配を、かすかに風が運んで来るようだった。相変わらず仕事の収入はなく、失業保険と秋子のパート代に頼った家計だった。それでも、一日が始まり、一日が暮れた。

アクションを今すぐ！　九月に入りたてのある日、真っ白のポロシャツ姿の真一が、高崎線の電車の中にいた。残念ながら上越新幹線は交通費が高く、乗れない。吉田の通うTSI社の東京事務所へ向かう途中だった。太陽はまだ厳しく車内に射しこみ、暇つぶしに読んでいる文庫本のページを容赦なく眩しく照らした。ブラインドを下げれば防げるのだが、真一は、その閉鎖感を苦手としていた。直線的に照らす陽光に白いページは光り、活字は躍り始めた。プリズムのような幾何学的な虹色の模様が視界に現れ、軽い頭痛を伴った。眠い。

すると、真一の眼の前に鈴木社長が、満面の笑顔で立っていた。会社に戻れ。仕事に戻れ。真一は、夢の中にいたらしい。ただ、その声は耳の奥にまだ残っている。折角、辞めたのだから。折角。辞めるのも簡単ではなかった。辞表を五通ほど提出した記憶がある。そして、今、真一は再スタートを切ろうとしている。

ひさしぶりの上野駅の雑踏に揉まれて思った。世の中は、いつものように変わりなく動いている。誰もが目標を持って歩き、ある目的を達成しようと、進む方向を定めている。その動きは速い。銀座線に乗り換え、京橋で降りる。教えられたとおり、きちんと京橋一丁目のビルに着いた。ガラス張りのシャレたビルの二階に、ＴＳＩ社の東京事務所はあった。

## 第五章

# さようなら、紅薔薇

「ここは、東京事務所。広告代理店との打ち合わせに使うくらいかな。本社は高崎のはずれの箕郷町にある」

吉田の言葉に、真一はホッとした。打ち合わせの度に東京まで通うのが、億劫に感じていたからだ。ＴＶショッピングらしい、見かけない新顔のスタッフのなかに吉田と社長の園山がいた。

「詳しいことは、帰って本社で。条件は、毎月三十万円で。各月一冊発行」

吉田は、来年四月からの発行を予定しているようだ。フリーの条件としては、悪くはなかった。余所にもう少し仕事を広げれば、フリーでも暮らせる。真一に、企業という建物のなかに戻る気持ちは薄かった。ただ、一方、企業という安泰は、魅力的だった。

真一に「良い話」が伝わり始めていた。ただし、収入と呼べるものは、相変わらず失業保険のみであり、吉田や園山社長に比べて自分の身分の危うさを痛感していた。小柄な園山社長は、この業界では注目の的で新進気鋭の経営者として噂をされていたらしい。

「真さんと、また仕事できること、待っていました」と、園山の笑顔。

真一が「真さん」と愛称されることは、昔からだ。快く笑顔を見せる三十歳台の園山社長は、爽やかに見えた。

「発行までに準備をお願いします。資料等も、こちらでも準備しますから、そちらでもよろしく」

広告代理店やＴＶ制作会社のスタッフの対応に追われながらも、園山社長が相手をしてくれたことで、真一は熱くなった。

僅か三十分間ほどで事務所を後にして、このまま帰ってしまうのも電車賃がもったいない。真一は、東京時代に十年間も住んでいた西武池袋線の江古田の街へ向かっていた。江古田は、相変わらず人が溢れ、学生がたむろしていた。駅の階段を下るとすぐ浅間神社があり、直進すると、その先にはM音大があり、右に折れるとN大芸術学部がある。駅の反対側には、M大があり、私鉄沿線の街らしく、商店が密集し、賑やかな声に溢れていた。

真一の足は、東京時代に十年間も住んでいたアパート方面へと向かった。胸がドキドキした。アパートはそのままで、真一が住んでいた部屋には、女性の洗濯物が干されていた。そして、行きつけていた飲み屋が軒を並べ、喫茶店、書店、古本屋、食堂、花屋、風呂屋……。なにも変わっていなかった。

一瞬、晩夏のひかりが眼を貫くと、次第に貧血気味の不快感が込み上げて、視界が薄暗くなり、座り込んだ。自分の影の濃さに驚き、そのまま意識が薄らいでいった。そして、この街で馬鹿騒ぎを繰り返した仲間の顔だけが、背景もなく、フラッシュバックのように通り過ぎて行った。十字路の真ん中で、真一は動けなくなった。

実は、何もかも変り果て、一切が終わっていたのだった。

今の真一は、この街とはまったく無縁だった。無縁。

人と人とは、元来、生涯の底の方では、一切無縁の存在ではないだろうか？

ただ、今、生きている数人程度の関わりの中での人間との付き合いがあるだけで、縁などという深い契りなど、まったくないのではないだろうか？　結局は、ひとりだけ。

「さあ。さっさと次へ」……行かない人、動かない男として定説のある真一には珍しく、深呼吸をしたくなるような鮮度の高い気分が胸の奥の奥から湧き上ってきた。さらば。

関東平野の真っただ中を行く帰りの高崎線は、ガランとして、太陽の光が相変わらず強く、時間は停止しているように思えた。一車輌に数人という乗客の少なさにゆとりがうまれ、真一は、一定のリズムを刻む車輪の音に誘われて眠気に落ち、浅いうつらうつら感の中にいた。


夢を見ていた。その夢の中で、ある女性の姿が動き始め、確かな輪郭を持ち始めた。細めの腰が揺れている。

ピーエリス。新宿から四谷三丁目に向かう途中に、その店はあった。通い詰めたジャズクラブのマダム、夏美が凝視している両眼が現れた。カウンターに肘をつき両手で顎をささへ、真一の顔を覗き込んでいる。半分スペインの血をひく奥深い漆黒の瞳。季節に応じて着服するアイテムは異なるが、一年中、決まって真紅をまとい、やや浅黒い肌に映えていた。細い指一本を、真一の顔に近づけ、くるくる回した。そして、「西洋乞食の真一」と、唇を曲げて、皮肉交じりに繰り返す口癖が、すこしかすれた声で聞こえてきた。

シンプルでミディアムテンポのピアノ曲が流れる夏美の部屋。夏美は三歳上で、ある女子大の大学院に在籍しながら、夜は新宿の女に変わる。千駄ヶ谷の夏美のマンションの一室で真一は、子供のように小さくなり部屋の片隅に丸まっていた。

その日から気が向くと、真一が夏美の部屋を訪ね、また、夏美の方から真一を呼びつけた。一年ほど経つうちに、大学の教室へ顔を出すのも億劫になった真一は、夏美の部屋で一日を過ごす日々が増えた。朝食と昼食の時間が重なり、おかげで、真一は、料理と言えそうなレベルまで腕を磨いた。その頃になると、太陽がてっぺんに来る頃起きて、ウイスキーのストレートの旨味の虜になっていた。そして、二、三杯空けた後で、また二人ともベッドに潜り込んだ。夕方になると、夏美は浴槽に浸かった後、新宿の店へと出かけた。

今、という心地よさ。真一は、なぜか地中海を思った。夏美の母の故国、スペインの南海岸。突然、脈絡もなく「太陽がいっぱい」のラストシーンが浮かんだ。あれは、フランスか。こんな日々がずっと続くと思っていたのだろうか？　いや。そんなことすらもまったく思うことなく過ごす一日、一日。夏美の部屋に掛けられていたゴヤの「裸のマハ」がこちらを見つめている。……薔薇は紅でなければならず、それも飾るのは一輪だけ……が、夏美の命令だった。

「何を待つ？　真一」と、夏美。

ある明け方に、夏美は、唐突な言葉を発した。これまでの暮しの中で、それは、鋭利なナイフのような光りを放った。

真一が四年生の秋を迎える頃のことだ。

いずれは、と予期し恐れていた問い。

「決めてない」と、真一。

このひと言で二人に終わりが来た。

神宮外苑に、千駄ヶ谷に、秋が始まりかけた、ある夜のことである。いつものように、ウイスキーを重ねて、「着衣のマハ」に架け替えられているのを、真一は、夏美が帰宅したら訊ねてみようと、ボンヤリしていた時のことである。

呼び鈴が鳴った。えええ！　誰？　夏美は、この一室を真一以外には教えていないはずである。

突然、スーツ姿の六十歳がらみの紳士が二人現れた。

「夏美さんは、ここに戻らない」と、二人。

「え！　何も聞いてない」と、真一。

「君と別れると言っています」と、二人。

真一には、返す言葉がなかった。その夜、夏美は帰宅しなかった。どういうことだろうか？　夏美の豊かな胸が揺れて、遠くなった。

夢は、覚めた。すべてが事実のようでもあるし、喪失感に満ちた虚構のような気もしたが、事実、夏美は消えた。

そして、薔薇には棘がある。ある意志をもって刺す。その痛みは消えない。

# 第六章

# 崩壊

巨星、堕つ！　第一報が入ったのが九月十日、月曜日の午前十時頃のような気がする。F社倒産。関係企業が押し寄せ、社員も出社したが、玄関に貼り紙が一枚だけで、それは現実のものとなったという。

真一は、ふと、僅か一か月前にF社に立ち寄ったことを思い出していた。アイツもコイツも、今の今、何を思い、何をしているのだろう？

まず、鈴木社長の顔が浮かんだ。あの夜、二人で会い、巻き返しを図っていたはずではないか。群馬県内の成長企業として引っ張っていた当時、注目の青年社長、鈴木は、真一にとっては、まさに巨星だった。その巨星は、今、どこで、何を？ なぜか、赤城山の山容が浮かんだ。山は、動かない。あんたは、言っていたはずだ。一万坪の敷地に建つ新社屋と古びてはいるが広大な流通センター。駐車場はいつも満杯で動きようがなく、社員、パートさんが出勤して埋めつくしていた。大手運輸三社の大型トラックのひっきりなしの出入り。取引先の頻繁な出入り。

そして、深夜零時を回ってからの校正返し。デザイナーの疲れた顔と不満顔。空腹。校正返し終了後の日の出の眩しさ。カタログ納期の慢性的な遅れと催促と交渉。村山専務からの毎朝、毎昼、毎晩にわたるお叱り。売上不足による苦肉の対策。鈴木社長の自宅の隣にある事務棟「悶夜堂」での、毎晩午前零時を回っての不毛な会議と企画遊びと揉め事とお叱りと徒労と虚。休日であるべき土曜日の出社は、真一ひとりだけで気兼ねなく企画を練る。ゆったりとした心地よい時間。そして、午前二時過ぎまでの新宿のD印刷への出張校正。終了後、東京からタクシーで高速に乗り群馬まで帰宅する時の解放感。気に入らぬ上司と部下。本社ビルの施錠と正門の閉門係りと化した自分。あの連中はラクだなと、幾人かの顔を思い描きながら舌うちする自分。そして、お気に入りの冴子の笑顔……。朝方の帰宅になっても、眠らずに必ず待っていた秋子。午前三時のビール。

真一が折れ曲がり、捨てたF社でのシーンが、不快に沈みながら蘇えって来た。巨星、堕つ。

取引先のS印刷の甲宮翁からの電話が鳴った。

「あかんわ」

京都、東京、高崎と印刷畑を渡り歩き、独特の甲宮弁を直すこともなく「鬼のK」、「ほとけのK」と業界で噂されてきた翁。

その甲宮翁の呻きに似たひと声。もちろん、真一に返す言葉はない。サラリーマン、一個の人間、人生の大先輩である甲宮翁の呻くように絞り出す声には、さすがに年輪が表れていた。被害額は？　半年前に退社していた真一にも、負い目と謝罪感がうまれ胸を苦しくした。それが秋子にも伝わり、二人してふさぎ込んだ。その日は晴れていたか、曇り空だったろうか？　秋の始まりというのに、思い出されるのは、冬空の灰色に覆われていたような気がする。


翌日のことである。重く暗い気分に滅入りながら九月十一日の夜が深まった。いつものニュース番組。しかし、異変が起きた。画面は、なんの前触れもなく無音のシーンを映し出した。白く光る巨大な高層ビル。白い旅客機。そのふたつが交じり合う。背景の空は、青く輝いていた。いつもと変わらぬ希望も絶望もない日本の日常の夜である。画面は無音が、むしろ効果的に、映像が「世界の大きな日常」を破った。少し遅れて、TVキャスターの筋書を破られた戸惑い。その後にたどたどしい説明が入った。「今、ニューヨークから突然の映像が入りました。いったい何が起きているのか……」。そして、叫んだ。

「ニューヨークの貿易センタービルに旅客機が突っ込んだようです」

同じ説明を繰り返す。

それ以上のことは判らなかった。そして、無音の映像ばかりがアップされ、時は停止し、さらに、次の一機が極めて無機的に、再度突っ込んだ。何が起きているかは、映像で判る。しかし何で起こってしまったかは、まったく判らない。

翌日、「テロ」という文字と音を、新聞も、TVも、ラジオも繰り返した。イスラム過激派が、現代史に、かつての攻撃とは次元の違う、異世界の宇宙的な現象をもって登場してきた。

テロと日常。イスラム過激派と日常。世界と日常。日本と日常。そして、真一と日常。九月十日、F社倒産。倒産と日常。……そして九月十一日、ニューヨークの崩壊。崩壊と日常。

日本の一地方、群馬県前橋市の大きな出来事と、地球規模の世界史的な出来事。

小さな世界も大きな世界も、幸せという世界には向かってはいない。手が出せないのだ。

そして、真一の無職という境遇。どこに、希望とか、夢とか、ましてや愛とかなんてものがあるのだろう？

それでも、真一は一家を喰わせねばならないという義務と、重い日常がある。

五十一歳になった無職男は、黒い球体の中の、さらに地上すれすれの極小の球体の中にいた。ただし暗い夜も、豆蝋燭に小さな火を点けて仏壇の前に座ると、その小さな灯りのゆらめきは、小さな小さな安らぎを、真一の胸に伝えてきた。それだけだった。

研人と千明は、毎日休まず登校し、部活を終えて、帰宅後、秋子の作った食事を、いつものように食べ、真一と秋子も加わる。暮らし向きは、ガタピシとしていても、今夜も静かな日常の中にある。

## 第七章

# 命継ぐ母の吐息

平成五年十一月、その年の夏に倒れて、三か月ほど、榛名山の山麓にある病院で療養を受けていた、真一の父親の寛が逝った。バリバリのF社の現役だった真一が喪主の葬儀は、当時は自宅葬が主だった時代に、生前、父との約束どおり菩提寺にて執り行った。弔問客は押し寄せ、予想を遥かに超え、菩提寺の庭に満ち溢れ、真一は、何が起こっているのか戸惑いのなかにあった。

「この葬儀は無事に終わるのだろうか？」

大騒ぎして、どっぷり疲れた葬儀も、たちまち終わり、実家に真一の母親の竹子ひとりだけが残った。その夜、真一が、母に付き添った。

「俺は、こんなに幸せでいいんだろうか？」

生前の父の口癖だったと母が伝えた。

戦中、満州に出征し、多くを語らなかった父には、満州の曠野が浮かんでいたに違いない。生前、真一に、もう一度、あの大地が見たいから、一緒に連れていけ、と半ば真面目に懇願したことがある。

兵隊は、戦友が一番だった。帰国し、しばらくした後、戦死した戦友の故郷、松井田のはずれにあるその戦友の実家を訪ねたという。

畑が広がる細道を下る途中から、戦友の実家が眺められた。父の足は止まった。日当たりの良い縁側で、おそらく戦友の母上であろう老婆が、縫い物をしている姿があった。そして、結局、訪ねられず、ひと言の声もかけられず引き返したという。後悔は、深かった。

戦地では……丘に陣取った軍の昼下がりのことである。下の谷の方から、籠を背負ったひとりの中国の娘が、細道を登って来る姿が見えた。思いもかけないことが、目前で起こったという。一人の上官が、鉄砲を持ち出し、ある若い兵士に命じたという。

「あの娘を標的にして撃て。射撃訓練だ」

兵士は、しばらくして、上官の再度の命令に従って、構え、撃った。娘が、ぱたりと倒れた。

「戦争というものは、そういうものだ」

父の語った満州でのある昼下がりの、一発の銃声。

そして、敗戦。それだけだった。それ以上は語らなかった。

戦後。……薄給暮らしの中で育った真一には、父の満州での兵役と、故国に帰郷した喜び、貧しかった母との結婚、真一を長男に長女、二男を育て上げ、それぞれが世帯を持ち、孫も八人という暮しの中にある父の、ある達成感は解るような気がする。

そして、母の独り暮らしが始まる。

「結局、わたしは、独りなのね」

母が吐息とともに口にした言葉は、長男である真一の胸に刺さった。母は、三歳で実母を亡くし、八歳で実父を亡くし、十歳で姉を亡くしていた。墓碑に刻まれている名からの推測である。そして、後妻にきた、真一には血縁のない祖母と、女ふたりだけで戦中を暮らした。その程度しか判らないが、母が口にする「独り」とは、真一の時代の「ひとり」とは、まったく異なる実感なのだと思う。そして、その寂しさは、誰にも救済の出来ない深淵に流れているのだろうと思う。

こうして、実家に独り暮らしをする母と、失業中の長男、真一との新しい関係が始まった。

母は一か月に一度、持病のリウマチの治療のため病院に通う。さらに、歯科に数度。その付き添いの役割が、真一の妹や秋子から、たっぷりと時間のある真一に回ってきた。母は、小さな老婆だった。病院の待合室に膝を揃えて座り、眼を閉じ微笑している姿。その小さな背中には、いまや誰も知らない歴史が刻まれているのに違いなかった。このように、ある距離から、じっくり母を眺めたのは、初めての真一である。

この小さな人は、小さな家で独り暮らす。

長男に特有の責任感と、それが果たせない罪悪感に似たものが、真一を襲って来た。母親を引き取れない……。ただ、母を迎えに行き、車に乗せて病院へ同行する。待合室で母と共通の時間を過ごし、待ち時間の長さを気に掛けながら、やがて、母の名が呼ばれる。リウマチの専門医は、いつものように同じ問いをして、母はいつものように答える。そして、複雑極まる多種多様な薬を処方される。母は、薬に安心を求めているようだ、と真一は思った。

実家に母を送り届けた後、しばらくすると、毎回、必ず母から電話が来る。

「ねえ、薬が足りないみたい」

母の命を繋ぐ薬への思いいれは深い。真一は、慌てて実家に駆けつける。毎回だった。テーブルの上にまき散らかした十種類を超えるかと思われる彩り豊かな母の薬。ひとつひとつ整理して小分けにした後、一日一日分のケースに入れて母に示す。深い溜息。

「本当に大丈夫なんだろうね」

というひと言を毎回聞き、聞くたびに真一の疲れが重なった。

この暮らしがいつまで続くのだろう？

真一は、無職という立場に負い目を感じ、この先どう打開して行くべきかが、まだ未確定な現状に母親の暮しの手助けが加わり、いわゆる輪形彷徨の中にいた。それでも母は、薬を一点一点つまみ、またケースに戻す作業を執拗に繰り返した。

後日のことである。電話が鳴った。

「ねえ。やはり、薬が足りないよ」

「そんなことはない。二日前、確かめたよね」

「そうかねえ。いつもは、もうひとつあると思うのだけれど」

「わかった。これから行くよ」

「そう。わるいわね」

真一は、出掛けるのにあたり、自宅の鍵を掛け、車に乗り込み、ふと、施錠したか再度不安になり、玄関まで戻り、ガチャガチャやり、閉まっているのを改めて確認すると、疲労感と苛立ちが一気に吹き上げてきた。俺まで不安になってしまう。母親の所為だ。舌打ちした。

「めんどうくせえなあ。まったく」

堪えきれなかった。こうして、実家に、真一の車が、一日に数回出入りした。その度に、母は、納得してみせるのである。

「食糧は、ある?」と、真一。

そちらの方は、妹が補給しているようだ。冷蔵庫の中は、真一の家の冷蔵庫の中身より多く、明らかに買い過ぎていた。しかし、これも独り暮らしの小さな老婆の心配性から来るものなのだろう。薬と共に食糧も心配なのだろう。

一日おきに電話が鳴る。あるいは、毎日、毎昼、毎夕、鳴る。

「洗剤がなかったようだね。歯磨き粉も。買ってきておくれ」

あるはずである。数日前に確認してきたばかりである。それでも、真一は、買って届けた。そして、母の竹子は、季節の移ろいとともに、日毎、小さくなって行くような気がした。

## 第八章

# 「さあ、さっさと次へ」

真一は、落魄の身となっていたのである。けれども、真一には、秋子という、もたれかかれる椅子のような存在があった。

立ち止まり、過去を振り返り考えあぐねている時期ではない。さあ、さっさと次へ。吉田はカタログの印刷を、高崎のS印刷に指定してきた。真一は、悩んだ。真一が敬愛してやまない甲宮翁と尊称し、「鬼のK」、「ほとけのK」という大先輩が営業のトップにいて、

F社と共に伸びに伸び、しかしF社倒産という高波に襲われたS印刷。倒産当時、既にF社を退社していたとはいえ、それまで真一と甲宮翁とのつき合いは長く、真一にまったく責任がないとは言えない。そして、頼みの甲宮翁は、F社倒産の責任上、S社から退社を余儀なくさせられていた。

絶望的な気分に包まれたまま、真一は、S社に一報をいれた。F社時代の実際の営業担当であった磯部氏という三十代の青年をあてにした。気後れしながらも彼にすがるしかなかった。

年は明け、一月も終わりに近い、風の強く吹く荒天の午後のことである。磯部氏は、消え入るような声で電話口に出た。その気持ちの奥にかすかな猜疑心が感じられた。

「何か御用ですか？」と、磯部氏。

それだけだった。アカンワ。一瞬よぎった。

「ご無沙汰です」などの常套句はなく、真一は、返す言葉に詰まったように思う。ひと時の沈黙。その間が幸いした。磯部氏から話を切り出してきた。

「ところで、真さん。今、何しています？　お仕事は？」と、磯部氏。

助かった！　と真一は、この問いにチャンスを見つけた。この問いをきっかけにして、これを逃したくなかった。

「実は、仕事がある。通販だ。さらに言えば新規だけれど。クライアントの景気は良く、しっかりしている」と、真一。

真一は、かつての立場に戻ってしまい、丁寧語を欠いた。反省に値する。F社に対しての損失は、五千万円、あるいは八千万円とも囁かれていた。しかし、S印刷には、F社との取引開始後、多分に甲宮翁と磯部氏の成果だが、業績も二倍にも三倍にも伸び、設備も大きく拡張した経緯がある。

真一は、磯部氏の言葉を祈るように待った。

「改めて、お会いしましょう。そのTSI社の責任者の方も同行して、詳しく、お話をお聞きしたいのですが」と、磯部氏。

真一は、それ以上の話は、敢えて避けた。ただし後日、磯部氏によると、S印刷の社長夫人から、「真さんも、早めに辞めていて良かったね。でなければ、大変な思いをしたはずよ」と、伝言を頼まれたという。

まことに、その通り。恐縮した。

吉田に、その旨を連絡すると喜んだ。とにかく、引き受けてくれる印刷会社がないと話にならない。まずは、第一関門、通過。

早速、日程を決め、真一と吉田はS印刷の門前に立った。真一の胸の内は、もちろん、複雑である。F社の倒産と自分が、どう思われているのか、気が引けた。さらに、明治時代の創業で、県下で最古の社歴のある印刷会社であるという存在感を考えると、まことに自分が小さく思えた。吉田が、真一の気持ちを推し測るはずがない。真一をせかせて、自分の前に立たせた。

甲宮翁不在のS印刷。かつての、親しみ、慣れあった存在ではなく、無言と沈黙の空気があった。深々と頭を下げて挨拶する真一を見て、吉田は怪訝そうな顔をしていた。仕事を出すのに、なぜ下手に出る？　これまでの複雑な事情など、吉田に判るわけがない。同じF社にいたとしても、職種によっては、その責任感に於いて遥かな差が生まれる。職種の広かった真一と一部門をみていた吉田とでは、違う。そういうものだ。

「その節は、大変なご迷惑をかけてしまい申し訳ございませんでした」と、真一は再度、深々と頭を下げた。

ひととおりの礼を尽くしたつもりである。

真一の胸は締め付けられていた。磯部氏だけが顔を見せ、「カッちゃん」と呼ぶほど、親しかった年配の社長には会えなかった。

「いや」

無表情で磯部氏は反応した。おそらく、それ以外の態度は表せなかったのだろうと思う。

まだ、三十を少し超えた青年である。前面に出てくるのも彼なりの緊張があったに違いない。

「こちらは、かつてのF社で開発部にいた吉田さんです。二年ほど前に退社し、現在は、TVショッピングのTSI社で開発販売の責任者という、お立場にあります。TVショッピングで購入された購買実績のあるお客様も増え、ついては、そのお客様にカタログを送付し、売上を拡大したい。そのカタログを御社にお願いしたいというのが、本日の趣旨です」

これだけの内容を伝えるのが、真一には精一杯だった。吉田にカタログが出来上がるまでの経緯が理解出来るはずがない。頼めば、すぐにカタログが納品されてくるものと思い込んでいるレベルであろう。

「カタログが上がったら投函はこちらで用意する。それまでのことを頼むよ」と、吉田。

吉田は単純だった。しかし、それが真一を救った。納品までのアレコレは、真一とS印刷にまるなげだったからだ。どうにでも出来る。

「磯部さん。スケジュールからデータ制作印刷を頼みたい。ディレクションとコピー、スペック、商品の画像データ類は、私とTSI社の担当がまとめる。色校二回で後は、責了で行こう。撮影は、ベンダーが用意するので、原則的に不要」と、真一。

考えてみれば、真一がいなかったと仮定すると、ＴＳＩ社は、迷走し、最終的には、東京の代理店に高額を呑んで依頼したに違いない。

業界にいれば、これだけで十分、話は通じた。しかし、印刷部数や単価などについては、真一の知る範囲ではなかった。当然である。後々まで、二社間の契約事項である。真一の気分は、その分、軽い。

カタログは、四月号から発行と決まった。真一ひとりが焦った。時間はない。真一の原稿次第である。ＴＳＩ社とＳ印刷の狭間で、真一は諦めた。諦めたというのは、出来ることをやろう、という単純化だった。まず、Ｆ社時代の悪癖、鈴木社長の悪弊であるスケジュール破壊を反省した。あれと、逆のことをやればよい。一にも二にもスケジュール優先。真一も、ＴＳＩ社もＳ印刷も、これに従う。これを二社に伝えた。守れなければ、真一は仕事から降りるとも付け加えた。そうは決めても、なんだかんだあり、多分、スケジュールというものはクライアントが最初に崩してくるものだ。真一は、永年の経験から覚悟はしていた。

さいわい、カタログの商品別のページネーションは吉田が組み、若い村井が、各ベンダーに画像データ、資料等の取りまとめを手配することとなった。Ｆ社に早めに見切りをつけ、蹴ったＴＳＩ社の連中だから、頭は切れるし、行動も早い。Ｓ社も、スタッフは磯部氏を含めて三人用意し、デザイン制作のスタッフは、十分すぎるほど社内にいた。S社を改めて訪問し、工場、制作現場を見て、かつてのF社の宣伝企画課の遅れを反省した。

思い返せば、真一ひとりで二十名を超える制作スタッフのデジタル化など出来ようはずがなかった。全社レベルに位置づけ、トップダウンで行うべきであり、さらにプロの専門性が不可欠だった。外部の血を導入すべきだったのである。アパレルへの進出も然り、商品も企画制作も販売計画も先行している外部の知恵が必要だったのである。図体ばかり大きくて、夢の中に浮遊している、バスに乗り遅れたF社を思った。真一も当時、その中にいて、バスに乗り遅れていた。


身軽になった。制作作業が始まった。色校二回、責任校正、校了。スケジュールは、これを、きっちり守る。四十八頁におよそ商品が百五十点。どう、S社に渡すか迷ったが、必要画像にナンバーを付け、およそのディレクションと大ラフとコピーにアルファベットをふり、A4紙に一商品の原稿をまとめることにした。後は商品別にデータと原稿の袋管理。

この作業は、比較的うまく進行した。後はS社のデザイナーがまとめる。S社は、さすがだった。スケジュールをきっちり守り、きっちり仕上げてきた。真一は驚いた。真一のコピーやスペック、ラフ、ディレクションでこれほど上手くまとめてくるとは。F社時代では、体験出来なかったことだ。ええ！　当時も今も同じ会社を使っているのに、上がりが違う。

時代は、進んでいる。進まないものもある。

真一の制作作業だ。商品がプリントされた画像データを吟味し、商品情報の意味を読み込み理解し、分解し、統一する。キャッチコピーとボディコピー、キャプション、商品名等、A4のコピー用紙一枚に商品一点をまとめるのが、精一杯だった。一冊、百点数越えの制作作業。さらに、商品一点一点の全原稿は、袋管理とし、袋にページ数と商品名を振り、材料を入れ管理した。F社とは商品アイテムが異なるとともに、たとえば、コピーライトなんぞ細かな制作とは十年間も離れていた真一だった。ところが、TSI社の場合、制作は、五十一歳にもなる真一が、ひとりで一から十まで現場作業をこなす。真一自身のスケジュールは切迫していた。真一の持ち時間は、一週間。睡眠時間はほとんどなく、毎日、S印刷の女性社員が、真一の自宅に原稿を受け取りに来た。

東向きの二階の窓が、闇から朝日でオレンジ色に染まった。本日分が書き上がる。

この僅かな早朝の時間は、至福の境にあった。

二十四時間、書きっぱなしという日もあった。原稿を書き込むうちに身体の奥が熱くなり、頭は冴えた。ひとつ、作業が終了した後、階下に降り、短い睡眠をとり、昼近くに目覚め、太陽のひかりを浴びた。ふつふつと染み込む陽光が、身体を刺激し、また鎮めた。組織内ではなく、ひとりであることは、四肢を解放し、深い不安を取り除いた。F社へ毎朝、死にたい気持ちで出勤していた気分とは、まったく逆の世界である。出来ることをやる……。

初校が出ると、TSI社へ、真一とS印刷の担当が向かった。TVショッピング専門だった彼等にとって、紙媒体を自社で発行することに興奮感がうかがえた。詳細はベンダーの指示を受け、特に価格とスペックまわりは、TSI社の担当に任せた。真一は、表現に気を使った。表現は、社会的に大問題を引き起こす経験を、F社時代に経験していたからである。月額三十万円の制作料の仕事量は、そこまでで充分だった。約一月と一週間で校了となった。本気になれば、出来るもんだ。

ここで、真一は、ある山を越えた。そして真一は、このタイミングで閃いた。以後、「通販ライター」を名乗ろう。良い響きだ。F社では、レディース&メンズのアパレル中心の世界だったが、TSI社は、業界では、いわゆるハードと呼ばれる暮しのアイテムが中心になった。

まったく異なる商品世界をまとめ上げることは、真一に新たな攻撃力を身に着けさせることになった。ただし、その分の疲労も覆いかぶさってきた。

そういえば、失業保険も既に切れていた。

真一の制作料が月額三十万円、秋子のパート代が月額八万円。これが一家の総収入であった。F社時代末期に比べると、およそ半減した。真一は、これに拘った。これで、息子たち三人を大卒させるのは可能か？

お金というものは、一定の額がある時期は、気にならない。しかし、その数字から減少が始まると、たちまち奈落の底に落とされるような恐怖感に襲われる。

秋子は、そこが違う。なんとかなる。大丈夫。鼻歌まじりに食事を作っている。わたしは、子供たちをヤワに贅沢に育てて来なかった。秋子の自負だった。

「ああ。頼むよ。悪いね」

真一は、家庭内では秋子に対して息子たちと共に従っていた。多分、真一より秋子の方が長けていたのだと思う。けれども真一は、まだ諦めていない。あと三百万円、年額で足りない。これでは、三人を大卒には出来ない……。しかし、どこに、その根拠があったのだろう？　元の収入という数字。日々折々、その数字が呪縛となった。

「先のことなんか判らないわよ。それはそれでかまわない」

秋子は、ここで諦めたというより、明らめていた。相変わらず、化粧なしで、さっぱりとした身なりと性格は、秋子らしかった。記憶力に優れ、情報の広さと深さにおいても真一を凌駕していた。一方でTVのお笑い番組に夢中になり、研人と千明と三人で大笑いしていた。ゲームにも夢中になり、自らも仲間入りした。これが、案外、面白いのよ。秋子は若い。芸能人の誰の嫁さんが離婚して子供が二人いるとか、朝ドラの何とか役とか……芸能界の情報に通じていたのに加え、政治世界にも詳しく、批判精神も持ち合わせていた。さらに、スポーツ界にも明るく、ルール、選手名などの知識は、真一の及ぶところではない。若かった頃の読書量も相当なものがあった。暮しと知識という面では、真一はまったく敵わなかった。そして、歳の割に秋子は若かった。考え方も若かった。

ただ、ひとつ、他人に弱かった。誰かに会った後に疲労した。これは、真一の持つ不安癖と、秋子の対人不安は似たもの同士で、よくもまあ、ここまでやって来たものだと、天から神様が一枚の絵として眺めていたに違いない。小心もの同志の夫婦。そして、秋子の中では、「すべて公平」が子育てから始まり、すべてに共通する不文律のようなものだった。質素であること、誠実であること、公平であること。

高崎の山あい、榛名山の麓の箕郷町にあるＴＳＩ社での仕事がスタートし、毎月の収入が、ある程度安定した頃のことである。

吉田が開発企画から経理に異動しているのに気がついた。カタログの担当は、若い村井に変わった。

「TVショッピングの代理店と、少々揉めていて、俺が数字をみる」と吉田の弁。思い返せば、吉田は、F社時代、当初は経理課にいた。さらに、F社の経理体系を作り上げた能力の持ち主だったと聞いている。頭の切れという点では、真一は遠く及ばない。

「ということで、後は、村井とヨロシク」

そっけない通告に、真一は戸惑った。

なにか、ある……。真一も危機や修羅場の経験では、吉田に負けてはいない。村井が眼をキョロキョロさせた。

吉田は、一学年上。国立工業高専卒の理系。それが、なぜ、F社の経理課にいたのか、その経緯は不明だが、畑違いとはいえ数字を扱う共通項はあった。理系の連中は、悩みを深化、複雑化させない。ある一定の線を越えたところで、合理性の中に明らめてしまう。徹底した非理系、アナログ文系の狭量な世界の真一とは、南極と北極くらいの差があった。真一がF社に入社間もない頃、駐車場で吉田に会ったところで声をかけられたことがある。他セクションの社員から呼びかけられたのは初めてである。

「まあ、ボチボチ、テキトウにやれよ」

　おっとり、ゆっくり、そのひと言が、その後、ずっと吉田のキャラクターとして残って行くことになった。当時、極度の緊張状態にいた真一には、心地よい響きとなった。吉田は、酒が好きである。ギャンブルが友である。のむ、うつ、かう。三拍子を地で行った。やや左翼がかったような、いやむしろ右翼がかったような主義めいたものを持ち、それを深化させてゆく能力がありながら、中途半端で諦める。実にもったいない。仕事ぶりも、軽度にこなしてしまう。真一のような仕事のマグネットマンには、決してならない。この優秀な人材を重責に登用しなかったF社の上部の責任は、大きかった。その能力をつぎ込むには、F社は、適当ではなかったのかもしれない。

　やはり、若年の頃は、仕事というものは困難なものとして、自分の前に立ち塞がっていなければならず、打ちのめされそうな極限に追い込まれる体験が必要となる。しかし、ほとんどの者が避け、逃げたという、昭和の時代に青年期を送った一部のものに共通する感度のようなものがある。吉田にも、真一にもあった。

　つまり、面倒くさいことからは、まず逃げて、遊ぶという一点において仲良しという見えない球体のような共通項を一人一人が持っていた。そして、吉田の頭脳がF社を見限った。その後、精鋭な頭脳が穴が空くようにF社からボツボツと消えて行った。次は誰だ？

そんな言葉が、頻繁に、トイレで、廊下で、そして飲み屋で交わされた。けれども彼等の場合と真一の場合とはまったく違った。真一は、見限ったのではなく、押し潰されてしまったのである。五セクションを受け持ち、三十数人の部下を束ねる部長の真一と、部下ゼロの部長。その五セクションは、真一に重く垂れさがっていた。真一は、絵に描いたような、槍玉に挙げられる部長の役を演じていた。鈴木社長を初めとして村山専務が束になって、己の立場の正義を振りかざし、真一を叱り付ける。安全という椅子に安穏と座っている人に、剥き出しの正論で攻撃されては、太刀打ち出来るはずがない。

任意継続保険が二年間保証されたので国民健康保険より若干安くすんだ。

あれから、二年半が過ぎた。そして真一は、ただ目前のTSI社のカタログに追われていた。

「エンジョイライフ応援隊」がカタログタイトル。さて、その内要の一部を羅列してみる。健康器具、ヘルスアクセサリー、快適睡眠、紫外線防止、健康活性水、ビデオ、健康寝具、快適リビング雑貨、便利収納、健康食品、若返り化粧品、美容、サプリメント、喫煙対策、臭い対策、マッサージ器、快適インナー、快適シューズ、掃除機、介護、キッチン、調理器、健康ドライヤー、照明、開運貴金属、ビデオ、塗布活性、ウイッグ、養毛、ヘアーカラー、家庭雑貨便利品、小型TV、消臭快適、ペット用品、縁起開運、健康対策、カメラ、腕時計、趣味雑貨、紳士グッズ、老眼鏡、補聴器、アクセサリー全般等……。

まだまだある。およそこんな感じで、一冊に百五十点ほど掲載される。相変わらず一商品につきA4のコピー用紙にまとめ、S印刷に渡す手法で通していた。真一、五十三の歳。まだ行ける。ただ、コピーなど、もう十年以上、離れていた真一にとって、このボリュームは、超大型九百二十ヘクトパスカル級の台風に直撃された気分に晒された。それでも、F社時代の真一の管理する五セクションすべてが赤点の絶望感より、制作のみの台風は、まあ大変ではあるが、シンプルである点で、真一の気性に適したということだと思う。

そして、すべての原稿渡しが済んだ直後の充実感を、格別な至福の時間として味わうことが出来た。それは、肉体労働の一日の終わりの心地よい疲労感にも似ている。そして、校了日は、ひさしぶりで本物のビールを味わった。格別である。焼酎甲類の日常は、校了日のみビールに昇格する。Kにしようか、Aにしようか、北のSにしようか、迷った後、三社のビールの瓶をまとめて飲む。その月末に、三十万円が振り込まれる。まずは、「種銭」が要る。後は……。

商品に密接なコピーばかり書いていると、頭が痛く凝る。そこで、真一は制作に遊び場を作る。カタログ読者に向けて季節を彩る挨拶文を入れて、余裕感を持たせる。

（今月は、向日葵です。ヒマワリに感ずるところ、三者三様。「ヒマワリっていうとロシアの大地いっぱいに広がるヒマワリ畑に、哀調を帯びて流れるイタリア映画を思い出すな」。「私は、西洋人より背が高いと書いた夏の軽井沢に住んだ作家よ」。「そういえば、少年期っていう映画と歌も印象的です」。ナルホド……。さて、あなたのヒマワリによせる思いは、どうでしょうか？　盛夏、太陽の炎のように燃え盛る黄色の大輪で直立するヒマワリ。巨大な花姿は、この不況下の現代にあってこそ元気を授けてくれる花です。炎の画家と呼ばれたゴッホが生命の根源をヒマワリに感じ燃える大輪を描いたように。）

一年半前の四月に発行されたカタログは、何事もなく、その後続いた。売上が心配された夏も乗り切った。ＴＳＩ社とＳ印刷、真一の三角形は、ほぼ順調だったように思えた。そして、その秋、カタログタイトルが変わった。「元気が出る！　エンジョイライフ応援隊」。表紙は、外人女性モデルが思い切り腰をくねらせた肢体で、腰のくびれを強調している画像が、ドーンと来た。ブロンズのポニーテールにレオタード。カタログが変わって行く。マイナスイオンが健康を回復させ、快適な枕が深い睡眠をもたらし、鮮やかすぎる宝石に金色の健康ネックレス。梵字を刻んだ指輪。蘇生水器の原理。江戸前寿司屋の無添加茶。米国産野生種のブルーベリーに大麦若葉の青汁、北海道の天日干し貝柱。青々とした水平線を背景にした深海泥の美容効果、外人女性のぱっちり目が見つめている。医学博士推薦のヒール加工の腕時計。養生訓と謳った紀州産青梅の梅肉エキスがとろり。そんな簡単に禁煙が出来るのかと手が出そうな錠剤。トルマリンが健康活性という天然原石。おっぱいが白くピンクに若返るというクリーム。水虫が気になる方の専用石鹸に臭い解消のクリーム。振動するマッサージアタッチメント。尿漏れ安心の下着。健康シューズの秘密。軽くて強力、充電式のらくらく掃除機。両面焼ける魚焼き器。マイナスイオン発生のドライヤー。

掲載商品は、広く、深く、多岐。とても書き出せない。

さらに、目を見張るスペシャル企画は、なんとアダルト商品群の数々。元気が出る。

ビデオは、絶頂時の声だの、中高年こその円熟性感、本場アメリカの白肌がくねり、こちらは見つめられてドキリ。体位のアレコレ、女性殺しの異名を持つ男性用塗り薬に女性のよろこびを倍にするクリーム、全身が性感帯になる夫婦和合のゼリー、元気のない男性機能をカバーするポリエチレン系の局部サポター、本能をくすぐるフエロモンの香水、風呂の中でも使える女性用の小型バイブレター、不感症の女性も「こんなわたしにだれがしたのよ」と呻くという錠剤、さらに孤独な女性もひとりで楽しめる微動挿入機、淫乱女になれるというクリームにアダルト男優、女優も使用しているという溶液ｅｔｃ。

真一も、深夜、自室でこのアダルト臭の漂うスペシャル商品のコピーを書きながら、異世界に誘われ、淫乱な気分に襲われ、コピーのボキャブラリーも湧くに湧く。性の世界と、不思議なゾーンに昇華していった。

ＴＳＩ社のアダルトスペシャル企画。面目躍如たる八頁三十二アイテム。真一は、この八頁のコピーを制作作業の最後に持ってきた。なぜかというと、最初に書いてしまうと、どっぷりと疲れてしまい、他の商品のコピーがぼやけてしまうからだった。

年が明けて三月になると、カタログ発行二周年になった。我が家では、一歩が、大四年、研人が大二年、千明が高二年を迎える春だった。阿川家は、低値安定で踏みとどまってい た。大学は国公立が原則だった。

発行二周年にあたり、面白い記念企画を期待していたが、吉田も村井も、反応はなかった。

春の訪れを告げる風が、榛名山の里にも吹いてきた。陽射しも日が経つにつれ明るくなっている。

「いずれ、Ｆ社を抜く」

色白で小柄な園山社長が、微笑みながら長髪をかきあげ、眼をきょろきょろさせて喋りまくっていた。気の強さと負けず嫌いの性格が、その言葉の裏に感じられたような気がした。Ｆ社にいた頃は、吉田の部下だったはずだ。ＴＳＩ社を立ち上げた後、三顧の礼をもって吉田を迎えた。破格の収入を約束して、と伝え聞いている。

「状況によっては、正社員として迎えますよ」

やや顔を歪めて、園山社長が真一に声を掛けた。その時、不思議なほど確信をもって「それはあり得ない」と、肚に響く声が真一の中で聞こえた。

高台にあるＴＳＩ社の窓からは、傾斜した向こうに高崎の市街地を遠望出来る。その遠望は、早春の夕日に映えていた。

「ＴＶの方は、どうなの？」

勘というものがある。第六感。この道二十数年近く歩いて、雨と嵐のシーンに幾度となく直面し、晒され、痛めつけられてきた真一には、不安の気分の中に、ある勘が磨かれていた。確かに、正社員という言葉は、真一を惹きつけた。欲していたのは安定であり、定期収入であり、社会保険であった。正社員。なんと、高い位置にある権利であろう。今の身になって初めて意識する、世人との差。肩を並べられる喜びが湧き出る言葉と内実と身分。人並み。

ただ、それはない！　と真一の直感が突き上げてきた。あるいは起業？　才覚のないことを見通している真一に、出来ようはずがなかった。個人の請負のような身分、アルバイト身分と変わらない今。近しい方から、盛んに起業を勧められたが、大卒三人を目標と義務と決めている真一夫婦は、他人の人生を甘く見るな！　と怒鳴り返してやりたい気分になった。我が家は我が家。身分相応。危険は避ける。

「TVは、ぼちぼち。代理店がうるさい。今はカタログが楽しみ」と、園山。

園山社長は、身長が低く、その分、気概のような刃物が奥に隠され秘められていて、時折、常識を超えた危険な光りが、きらりと垣間見えるような気がした。決して心地よいものではなかった。

この男と仲間にはなれない。

「広告代理店は、D社？」

真一は、判っていながら、あえて訊いてみた。D代理店は、三本の指に入る大手で、真一もF社時代には取引があり、担当部長も関口という共通の男だった。やや尊大な態度、M大のアメフト部で鍛え上げた筋肉質の太めの身体を斜めに傾け座り、攻撃を避けるように真一に対するのが常だったシーンを思い出した。真一の攻撃の内容は、広告掲載料の値下げ交渉だったからである。

「関口部長は元気？」

問い詰めてみた。気になる。何かが起きている。

「いや、ナニカト、うるさい」

園山社長は、深い溜息をつき、天井を見上げた。この男にしては、珍しい疲労感が一瞬漂ったところを、真一は見逃さなかった。この雰囲気、言葉、動き、いつか過去に見たような気がする。遠いF社時代。それは、当時の真一そのものだった。

吉田の経理への急な配置換えと、カタログへの極端な傾斜と依存。

「吉田さんを、そもそも経理として採用したわけではないですから！」

吐き捨てるように言った園山社長の顔色は、やや青ざめ、怒りの表情に変わった。

本音が出た！　若さという勢いと、裏腹の弱気と、それを打ち消すような強気を装った、ひとりの男がそこにいた。

人は本来、善であるべきで、企業も経営も然り。善の内でのみ飯を喰えれば、それが、たとえすきま風が吹きこむような暮らしでも、甘んじて受け入れるのが、真一と秋子の暗黙の約束だった。

今日の、園山社長との会話の内容を、秋子に話さなければならない。

翌日も温かい風が、朝から吹き始め、いつものように真一は吉田の部屋に顔を出した。いつものメンバーがいて、いつものざわめきがあった。真一は、ついつい軽口で、

「いや、春だね。箕郷の梅園でも行きたいね」

吉田は、答えなかった。本来は優しい眼が、ぎょろついていた。腕組みをして、デカい

声で叫んだ。

「平和ボケしてんじゃねえよ！」

「日本がか？　それとも俺か？」

よろけそうな身体とこころを立て直し、かろうじて対峙し、真一は反応した。何か、ある。永年、苦渋を舐めてきた真一の直感が再三働いた。そして、それは、決して良い結果をもたらすものではなく、予想を超える悪い兆候の臭いが胸の奥を過ぎった。

ただ、それを確認するのも憚られた。カタログも、この間、問題なく部数も増やしているように思える。それは、S印刷の磯部氏の笑顔や言葉尻からも推察出来た。

「まあ、両方だよ！　どいつもこいつも！」

軽い舌打ちと共に、吉田は両腕を頭の後ろで組み、考えあぐねているポーズをとった。良い状態ではないときの吉田の癖だ。これ以上いても気まずくなると思い、真一は帰ろうとして腰を上げた。同時に村井が声を掛けた。吉田に向かってである。

「吉田さん。真さんに、お話があるのと違います？」

このタイミングを吉田は待っていた。自ら言い出すのには、吉田の性格は、やや弱かった。

「ああ。隣の部屋で待っていてくれ」

吉田は、村井に目配せをしながら、真一に向かい隣室を指した。疲れているのが見え見えだった。待つこと三十分、吉田が手ぶらで来た。

「悪いが、先月分の制作料、ちょっと待ってくれ」

これだけを言うのに、汗をかき、たどたどしく述べた。そういうことか。真一の直感は、当たっていた。ふと、秋子の顔が過ぎったが、真一は、こういう時も長年培ってきた駄目男の神髄を発揮した。

つまり「いい人」になってしまうのであり、真一の欠点のひとつだった。

「そういうこと。ああ。OK」

言った後で、二年ほど前のF社倒産の日の衝動が蘇えって来た。まさかとは思うが、真一は、吉田に拾ってもらった経緯から、拒むことは出来なかった。F社時代にも支払い延期という同様の経験をした真一だった。しかも、当時は、今と逆の立場で、D印刷を初めカタログ配布のY運輸など、月々、数億円の額に昇った。真一は、一瞬で先を予見した。

「あのさ。TVショッピングの方が思わしくなくてね」

吉田が、途中で経理に変わったのは、背後に、そういう事情があったわけだ。資金繰り。真一とは、まったく別世界の業務でも、大まかな様子は判った。そういえば、園山社長が、その手で直接、TVショッピングの再編集作業を行っているのを見かけたことがある。あれ？　と思ったが、おそらく、新商品を仕入れられなくなり、したがって撮影も出来なくなり、既存の映像のみで再編集をしているのだろう、と真一は疑った。

その日、寒々とした春風が強めに吹いていた。真一は、ハンドルを、家路とは逆に切った。なぜか、このままの気分で帰宅する気になれず、榛名湖に向かった。途中で、行きつけの釣り堀に顔を出し、平日というのに、のんびりと糸を垂らしている仲間に会った。盤石の年金生活の上に胡坐をかいて、趣味の釣糸を垂らして、ぼうっとアタリを待っている釣仲間。榛名山の山懐に囲まれたこの風景と、真一との溝は歴然としていた。

「なんだい。今日は休みかい。やっていったら」

のんびりと春風に吹かれながら、シバちゃんが煙草をふかした。

シバちゃんの誘いにのって、真一も釣糸を垂れた。釣りの用意は、いつでも出来ている。まだ気温が低いため鯉は活性化していない。アタリが来ないのは判っている。ではあるけれども、細い浮子をじっと見つめている。いつか、引き込む。期待……。真一は、なるほどと合点した。期待というもの。いつ来るか判らないけれども、来ることもあるし、来ないで終わることもある。思う側の一方的な幻想。微風にさざ波が立つ。シバちゃんの煙草の香りが流れる。早春の陽光が、向かいの山肌を覆う。中腹の山は、まだ冬の枯れ木のままで沈黙している。ただ確実に陽は明るく、季節は春に向けて一歩一歩、進んでいる。春まだ浅い山あいの釣り堀で、アタリを待つ釣り人。真一は、その風景を、上空から俯瞰してみた。おそらく、自分の人生の立ち位置も、榛名山中腹にポツンとある一軒の釣り堀で、来るとも判らぬアタリを待つようなものなのかも知れない。

真一は、風景の一点に化す。呼吸が鎮まる。眠気が訪れる。

「おい。真ちゃん。アタリ！　アタリ！」と、シバちゃん。

シバちゃんの声に驚かされ、無意識に竿を上げた。糸と浮子とオモリと鉤は、大きく弧をかき、空を切った。

「スレだよ。スレ。喰わあしないよ」と、真一。

真一は、釣り仲間言葉で、大声で叫んだ。スレ。人生のスレ。人生のアタリ……。真一は、竿をたたんだ。

三月、四月になってもＴＳＩ社からの仕事の依頼は来た。入金は、二か月遅れ、三か月遅れと遅れが続いていた。いずれにしても、他に仕事はないし、真一は、この仕事が性に合っていたため、そのまま続けていた。

初夏になり、夏になり、榛名山の麓は、新緑から深緑へと移り、真一は、徹夜を重ね、日の出のなかで、一仕事が終了した満足感を味わい、日々は移り過ぎた。秋子も特に入金に関しての話には及ばなかった。「いつか。来月か？」。二人とも、案外軽々しく考えていた。いつか、まとまった入金を期待して。

ある日、近くの信用組合の営業担当が、真一の家を訪れた。どうやら、個人事業の動きをしているという噂が、近所に広がっているようだ。真一は、一瞬、世のなかを垣間見た気がした。


一方で、真一の焦りは、自分の名刺を三種類もつくっている行為にも表れていた。

その頃のことである。まことに、奇怪な噂がF社のOB間に広まったのである。鈴木社長と村山専務の二人が、退社した（その頃F社は隣県の大手通販会社の傘下に入り、一定の数の社員が残っていた）OB連中へ電話をして在職中の汚れた噂を根拠として、お金をせびっているというのが噂の内容だった。つまり、在職中に取引会社からの過剰な接待や優遇、金銭の授受等、不正の洗い出しである。その不正が、倒産の要因の一因である、ということだった。

「お前のところには、連絡来たか？　俺には来た。放っておいた。いつか来るよ」

そんな噂がOB連中に廻っていたが、真一には、一向に連絡はなかった。そういう類の思い当たるフシがまったくないのであるから、当然とばかりに、平然としていた。ところが、である。一月も経った頃、中田という経理の親分だった男から、来た。真一は、余裕だった。

「社長と専務が、話があるそうだ。旧社屋で待っている」

「何いってんだ！　噂には聞いていたが、行かないよ」

「そうだよな。でも来てよ。俺も困っているんだ」

「まあ、ほっとくよ」

真一と中田のやりとりを聞いていた秋子が、切れ味鋭く怒った。

「社長と専務、今頃、何やってんのよ！」

これまでの噂話を、それとなく秋子には話していたので、即、反応した。礼節を大切にする家庭に育った秋子は、金とか欲とかの類より、節度というものが際立っていた。真一が退職した後も、鈴木社長には、感謝の念さへ、口にしていた秋子であった。それが、今さら。真一は、放っておいた。それどころではない。ＴＳＩ社からの入金が、遅れ遅れになり、二百万円ほどに達しようとしていた。どうなる？　どう動く？

数日後、真一は、Ｆ社の旧社屋の三階社長室で、村山専務と席を並べ、鈴木社長に対峙していた。結局、弱気な真一は耐えられず、ふたりと会うことになった。

「真さん。しばらく」と、ふたりが声をかけてきた。

「ご無沙汰です」と、真一は頭を下げた。

しばらく沈黙が続いた後、鈴木社長が口火を切った。

「聞きたいことがある。現役の頃のことだ。取引業者との過剰なつき合いや金銭の提供が、あったか、なかったか。正直に答えてくれ」

「ありませんが。たまに大衆割烹で呑んで、婆さんママのしょんべんスナックに行ったくらいです」

「関西方面にラグビーを、業者と見に行ったか？」

「あのう、いいですか？　一体誰がそんな、あら捜しをやって、告げ口しているのですか？　こちらも答える以上、それを、はっきりさせないと、友人の弁護士に相談しますよ。行ったのは、せがれの岐阜のインターハイです」

実際、真一は、東京の古くからの友人である弁護士に、鈴木や村山、その取り巻きの連中の一連の行為を伝えていた。

「いや、それを明かすと、個人的にまずい」と、鈴木は引き気味だった。

「俺は、K美社から、中元、歳暮を貰った」と、村山。

「私も頂きましたよ。ところで一体、金集めて、どうするのですか？」

今度は、真一が切り返した。

「残っていて困っている社員に配る」と、鈴木が嘘まる出しで答える。

本当かな？　真一は、首を傾げながら、ふたりを直視した。正面にいる鈴木が眼を逸らした。ふたりとも落ち着きがない。

「専務。あれだな。真さんは無罪だな」

真一は、肚が立ってきた。欲深さ丸出しのふたりだった。

「まあ。また、会社立ち上げたら、声を掛けるからな」

村山が言い訳がましい世辞を言った。

事は、済んだと思った真一は、甘かった。翌々日の午後、電話が鳴った。どうも、このコール音は、Ｆ社時代の嫌な気分に誘う。

「ああ。村山だ。真さん、出せるだけ、頼む」

数日、電話は続き、「いくらでもいい」と村山が懇願した。真一は甘い。折れた。五万円をもって旧社屋を再度訪れた。

「今の我が家では、この程度の寄付しか出来ない。社員にあげてください」

「悪いな。で、領収書は要らないよな」

村山が、そそくさと金を、手持ち金庫に納めた。

思えば、この場所で、Ｆ社の古ぼけた小さな旧社屋で、若かった真一は、遥か昔、面接を受けたのだった。急に胸に突き上げるものがあった。

一体、あの時代の若くてシンプルなエネルギーは、どこへ消えてしまったのだろう？

みんなどこへ行ってしまったのだろう？

僅かに涙が滲んだ。時間は巻き戻せない。


榛名山の麓に秋風の立つ頃である。

TSI社から吉田が消えた。村井も他の社員もこれに関しては、敢えて無言に徹しているようだった。園山社長も出社を控えていた。

そんな折り、追い打ちをかけるようにS印刷の磯部氏からの携帯電話が鳴った。

「阿川さん。弱ったことが起こりました」

阿川というのが真一の姓である。いつもは、取引先からも「真さん」で呼ばれ使われていた。敢えて、姓で呼ばれた点に違和感を抱きながら、次の言葉を胸のきつくなる思いで待った。

「TSI社から、支払い延ばしの話が来てしまいまして。お話出来ますか？」

ふとF社の件が頭の隅を過ぎり、その次に来る最悪の結果まで予想出来たのである。

吉田の携帯電話は、呼び出し音が鳴りっぱなしで、連絡は出来なかった。

真一は、重い足と塞いだ胸でS印刷の門をくぐり応接室に入った。

「え！　いつ頃？　その話」

磯部氏は青ざめて、頭を垂れた。

「実は、三か月前から、それとなく吉田さんからありました。ただ、半分の入金はあったので、そのまま様子を見ていました」

「俺は、半年くらい入金ないよ。少しはあったけれど」

しばらく沈黙が続いた後、経理部長という男が入室してきた。真一は、構えた。

「どうしようかと思いまして、阿川さんに相談したかったのです」

「F社の場合、どうでしたか？」

真一は、F社倒産の折り、既に退職していたことを敢えて強調した。

「やはり、同じ経緯でした」

真一は、決断した。

「私も、今、立場は同じです。入金遅れというより、入金なし。TSI社は止めようと思います」

この年、一歩は、大四。研人は大二。千明は高二になっていた。

# 第九章

# 再び待つ男に

息子たちにいくらかかるか？　幸い研人も公立の高崎市立の経済大学に入学した。国公立とはいえ、真一の家庭では、常に二人が大学在学中という状態が続く。

そして、真一は、無収入になった。これは、焦る。さらに、愛車が不調の為、十五年間乗った末、廃車となってしまった。もちろん、新車を買う気にもなれないし、お金がない。そして、ついに、我が家には、秋子の軽自動車が一台となってしまった。ガレージに、ポツンとネイビーの軽が一台。これが、この家庭の経済を語っている。

透明な球体が身体を覆う。内壁には、真一の現在の姿が写っている。昼には、光が散りばめられた歪んだ全身が写り、夜には、深い闇の中に両眼だけがクローズアップされた真一の顔が睨んでいた。再び、仕事なしの真一は、ひとり自宅に残り、ひたすら座り、立ち、動き回り、時計を十分毎に眺め時が経つのを待ち、庭に出ては、太陽にあたり、自分の影を見つめた。読書とか、掃除とか、それなりに暮しに有用性のある行為をする気力も湧かなかった。ひたすら、無為。こんな状況でも、めんどうくさがりやで愚図な性格は、まったく変わらなかった。

時折り、ハローワークへ出かけ、職探しの画面を眺めたが、収入はもちろん、真一の能力が及ばない情報ばかりだった。六十四歳。ふと、長男の一歩の「お父さんのスキルは何？ない？」という直球のような言葉が思い出された。日常を占める無為。かつて取り引きし、使っていたスタジオや制作事務所などに顔を出し、物欲しそうな印象だけを残した。行くあてもなく、次へと。それは、迷路を無意識に動く、無能で無用な初老の男が運転する一台の軽自動車だった。ある日、今日も当て所なく運転する真一の脳裏に、ある疑問が浮かんだ。

「もし、どこかで、事件が起きたとしたら、俺のアリバイを証明出来る人物がいるか？いないではないか？」

真一の脳が梗塞し、不安な風が吹き過ぎた。

この状態を、まさか自由とは言えまい。不眠。アルコール。不安。

家族が、それぞれの決まりに沿って、目的の地へと出かけた後に、真一だけが、目的も、決まりも、自由もなく、ひとり残った。

そして、世間からの呼びかけを待つ男に、再び、戻った……。

　ピリオドというものがある。乱れ、連続する、この不定形な毎日の、その日の終わりに、「.」ピリオドを打つことの欲求に、この時期、真一はこころの奥から、駆られた。

　ある夜、根底からの欲求に突き上げられ、潮浜へ。慣れきった席に座っている真一がいた。カウンターの向こうには、冬場だけに限られた河豚料理の用意に夢中になっている大将の姿があった。見事な禿げ頭に老眼鏡をかけ、薄く薄く、フグ刺しに没頭している。もちろん、真一が頼んだ注文ではない。熱燗の地酒に、頭が弛緩し、気分も静まり、店の灯りが薄明るくなったと思われた時である。ふと、一句が浮かんだ。

「ふぐ刺しは薄く大将の禿げ頭」

　初めての句である。酔っている。出鱈目の句如きだが、胸に、何か、カチッと来るものがあった。

　一日一句、作る行為。素養がなく、俳句なんぞは作れるはずもなく、ただ、巧拙を無視して、一日一句、作る習慣。これが真一のピリオド「.」となり、真一は、オリジナルで「日句」と名付けた。歳時記を買う金もないので、季語は無視。一日が終わる目印だった。

「せがれ三人飯喰う夕べ初灯り」

　思うがまま、書き記した。F社を辞めた後の、吉田との珈琲店での語らい。お互いにケモノ道を行く五十を超えた男二人の行く末は、やはり、未知だった。

「五十路行くふたり未知なり冬珈琲」

## 第十章

# そして獣道を行くように

ここで残された問題は、真一の職であり、収入であった。

「正社員」とは、ブランドである……。真一は、そう認識せざるを得なくなるほど、そういう世界から遠いところに来てしまっていた。

ほどなく、ＴＳＩ社が倒産した。残っていた制作料も消えた。

ここまで来てしまうと、豊かな暮らしはもとより、並みの生活も諦めざるを得なかった真一、一家であった。それでも秋子も息子たちも、「平気」だったところに、真一は救いのようなものを感じた、と同時に三男の千明が大学を卒業するまでには、まだ六年間が残っていると数えてみた。冬の時代は長かった。そして春が来た。

春は昔から、何かが新しくなり、チィエンジし、発芽する、ときめきの季節であった。榛名山の南面の陽射しは急に明るくなり、武尊山は残雪となり、山肌は澄み切ったブルーに変わって行く。三国の山から新潟方面の上空も淡い青となる。深く息を吸い込む。

家計は、相変わらずガタピシとしてはいたが、初夏が訪れると、真一の気持ちにある変化が訪れていた。

真一は、何ものかを諦め、そして明らめた。

かつての経歴をゼロにして、世の中に放り出されている、「通販ライター」と自称する五十四歳のひとりの男が、真一だった。そして、ふと思うことがある。自分のこれまでの道のりが、実は長い長い虚構だったのではないか？　もがいてみるだけもがいて、蜘蛛の巣に囚われていたのは、家族の中で、真一ひとりであり、ほかの四人は、それぞれの道を、とっとと歩いている。

さあ次へ。さあ次へ。

ある朝のことである。秋子がチラシを見て、真一に言った。これが、その後の真一の人生を大きく変えることになるとは真一も秋子も、まったく思わなかった。

二十数年間の宣伝制作のフイールドから、まったくの別世界へ、泳ぎだすことになった。

「とりあえず、とりあえず、これなんか、いいんじゃない？」と、秋子。

それは職業案内のチラシであり、その一角に「警察と組んで街をパトロールする安全な仕事です」という内容の警備会社の募集広告だった。「五十四歳の履歴書」を書き、担当に連絡し、面接となった。面接……いやだなあ。

五十人を超える中高年の男が、びっしりと一室にたむろしていた。真一もその一人にすぎない。ああ。なんでこんなところにいるんだろう？　しかし、これが現実であり実社会。そういうものだ。真一は、一業界の中で世間知らずのまま、いい気になっていただけだ。また、ここでも履歴書か。この数年間で何枚書いたのだろう。面倒くさくて苦痛な履歴書。まあ、世の中の手順だから致し方ない。そして面接。五分間で終了。終わり際に、面接担当の若い社員の苦笑いと卑屈とも見える眼差しが、真一の気分を重くした。

「とりあえず、だ。これからずうっと勤める仕事ではない。三か月間と限定されている。腰掛なんだからな」

F社にも近かった警備会社から帰る車の中で、真一は自分に言い聞かせた。とりあえず、だ。ずっとではない。

翌朝、秋子が電話を受けながらぺこぺこしている。採用連絡だった。

「腰掛だからな。あくまでも、腰掛だからな」

真一は、秋子に繰り返し、念を押した。

異世界。略称、アンパト。雇用促進事業の一環として、国からの補助金と県警との協力で、民間の企業におろされた「安全パトロール」という、街中パトロールの仕事。説明会は、県の交通センターの広い一室で、朝から夕方まで、まる一日。分厚い説明書、安全読本、警備員心得などに沿って、退職警察官が、まるで現役のように、わざとらしく大声で説明を続けた。そこには、いわゆる上から目線の態度が見え見えだった。どうして、この国の風土は、こうなんだろう？

ほとんどのメンバーが六十歳代か、真一のように五十歳代で、中には三十歳代の青年も、ちらほらいた。そうだよな。雇用促進事業の関係なんだから。この時から、世間というものは広く、真一は、決して望んだわけではないが、そこに足を踏み入れたわけである。世の中には、その道で一筋の成功もあれば、上下、左右、混沌として晒される逆境の生き様もある。順調に立身出世の一本の道を辿るものも、世間の眼から見れば逆に、その分の経験的な幼さを見破られる。真一は、目覚めたように直感して新たな自分の立ち位置を胸の内に確認した。世間は、広く、深い。

勤務地は、前橋、高崎、伊勢崎、太田市が中心だったと思う。真一は、自宅が高崎市のため、高崎方面三グループの中に入った。一グループ四人態勢で動く。各自、休日をとるため、もうひとりをメンバーに入れて、五人でローテーションを組む。出所不定の中高年がぞろぞろ。

グループ長は、予め真一に決められていた。嫌な気分になった。他の四人の中に、二十代の若者がいた。どうして、ここにいるのだろう？

一日目は、元警察官の説教じみて訓戒めいた話で終わり。真一は、応募したことを早くも後悔し始めていた。二日目は、警備協会の警備センターに全員集合。へぇー。こんな施設があったんだ、と珍しがっている内に、整列を命じられ、敬礼の作法から、右向け右！左向け左！回れ右！警備員の基礎訓練をたたきこまれた。小学校、中学校時代の体育の授業以来のため、全員、てんでんばらばら。いい大人が叱られ、やり直し、やり直し。

二日目が終わり、皆、無言になった。

三日目は、交通センター脇の駐車場で、隊列を組み行進。いっちにい、いっちにい。止まれ。右、ならえ。くねくねと曲がっている。そこ、出すぎ！まっすぐ！まっすぐ！はい！いっちにい、いっちにい。三十五度の炎天下である。やりなおし！

支給された制服は、夏用なのに長袖シャツ。正式には長袖なのだろうが、この暑さでは無理がある。くらくらしてくる中で、およそ五十人ほどのにわか警備員が、おいっちにい、おいっちにい、と行進を繰り返す。真一は、ただちに辞めたくなった。どちらかと言えば、制服組とは反対のラフ&カジュアルな世界に勤めていて、そもそも、ビジネスマンのスーツにさえ、縁遠くなっていた真一には、制服には違和感があり、現実的ではなかった。

「いったい、俺は、何をしているのだろう?」。真夏のお天道様の下にいて、制帽に水色の警察官とそっくりなシャツを着て、紺色のスラックスに黒革靴という身ごしらえ。

(ああ。プールに行きたい!)と、真一は心底思った。

そして、講習の三日目が終わった。

神様は、この三日目の炎天下の訓練をご覧下さっただろうか?

翌日から、本番。高崎駅の一画に臨時の詰所が設けられ、午後一時、真昼の高崎の街へ、初めて制服姿の四人がくりだした。

「異様ではないか?」。真一は、緊張した。知り合いに見られたら、どう思われるだろう?恥ずかしさが込み上げてきた。右手と右足が同時に出てしまう陳腐な歩き方になっているような自分を、滑稽に思わないではいられなかった。高崎駅西口を出て、慈光通りを行き、田町、本町、柳川町、市役所界隈が、真一グループのテリトリーだった。高崎の街の、ど真ん中ではないか。人通りが激しく、これは知り合いに出くわす確率が高い。胸がどきどき。嫌だなあー。

午後一時から、八時までが早番。午後四時から十一時までが遅番だったと思う。週四日から五日、七月から九月末までの契約であった。一か月で十八万円。歩いていれば良いわけなので、まあまあ、納得出来る仕事（？）だった。この時分になると、真一は、収入額を諦めていた。なるようにしかならぬ。「とりあえず、だ。とりあえず、だ」と言い聞かせながら歩いていたある日、真昼のアーケード街で、向こうから研人の高校時代の部活のOB連中が歩いて来るではないか。良く見知った連中だ。大学も夏休みかあ。まいったなあ。

真一は、うろたえた。しかも、あの連中、こちらを見ている。「研人の親父、制服着て、街、うろうろしてたよ」と、言われるのではないか。擦れ違い、過ぎ去った後、「気付かれたのではないか」と、恥ずかしさで脱力して行く真一がいた。どうしよう？

その瞬間である。「世間一般」という言葉が、真一の頭を満たした。対して「はぐれ者」に落ち込んでいる真一がいた。（息子たちにも、秋子にも、まことに申し訳ない）……いわゆる、世間一般の父親の定位置からは外れてしまった真一という父親……。夏空は、光り過ぎて白く、街も光りに硬直していた。世界は、眩し過ぎて見えない！

安全パトロールの警備員となった真一は、それでも休まず、業務を続けた。三か月という期限が過ぎれば終わる。また、違った視点で街中を眺めるある楽しみも発見した。なるほど、こういうことか。かつて通ったなじみの店も昼間の視線では、冴えない。おんぼろ屋に見えてくる。気付かずにいたユニークなお店など、そこは真一らしく、飲み屋の物色もなかなか、興味深くなっていた。

世間は、一面ではない……とは、こういうことなんだな。

「阿川さん。少し休もうよ」と、メンバーの長老、虎さんが声を掛ける。近くの公民館が休憩所にあてられていた。エアコンが心地よく、眠気が訪れる中で、ぼんやりとした世間話の時間。

しかし、誰も過去を語らない。三十分も経つとまた炎天下へと出て行く。分かってきたことがある。長老の虎さんは、日本酒に精通していることが判った。特に、群馬の地酒と銘柄と味にはこだわり、語る時は、うっとりとしていた。車の免許のない虎さんは、自宅から50ccのバイクで駆けつける。もう一人の、いがぐり頭の龍さんは、目付が鋭く、近郊の団地に住んでいるようだ。今は、車検の期日が迫っているのを気にしている。だから、早く一か月が過ぎるのを待ち、入金を心待ちにしている。惣一という三十歳代の若者は、爽やかで、人柄が良い。なぜ、この場にいるのか、問いただす気にはならなかった。

とにかく、三か月の短く限定された期間である。その後は、ばらばらになり、独自の道を探すことになる。真一は、一日が終わると深い溜息を吐く。あてがない。三か月は、たちまち過ぎた。そして、真一は、この仕事で、ある発見をした。

「一日が終わればそれで済み」という単純明快な仕事が、世の中にはあるという発見だ。スケジュール、交渉、打ち合わせ、次の手配、校正ミスの恐れ、企画の進行、制作、カタログ納期、印刷物の単価交渉、カタログ投函の遅滞確認、カタログ配布単価の交渉、制作現場のデジタル化、法務対策、売上、終わりの見えない会議など、過去、現在、今後という連鎖から、すっかり解放された自分がいた。

世のサラリーマンがいかに苛酷な中に歳月を過ごしているか。

対して、一日が終わり、下番報告だけで、現地解散で帰宅。後はお風呂とお酒が待っている。額は少ないが、いくらかの収入があるのは、気休めと言い訳くらいにはなった。さらに、歩き回る仕事で、太りぎみだった体重が三キログラム落ちた。やれば、それなりの結果が伴う。確かなことだ。

九月末日に、アンパトは解散される。その最終日のことである。真一は、思いも及ばぬ事実を知らされた。虎さんと龍さんと惣一と真一のメンバーは、最後の休憩を公民館で楽しんでいた時のことである。龍さんが口を開いた。

「制服が長袖でよかった。半袖なら、俺はいなかった」

真一と惣一だけが、何が何だか判らないで、ポカンとしていた。虎さんは、判っていたようだ。

「ほれ！」、龍さんがシャツの袖口をまくりあげた。何かが、うねっている。動いている。紺に紅で描かれた龍が、龍さんの腕から、こちらを睨んでいた。

腕の動きに合わせ、生きているように、真一の眼前に迫って来た。

「アア」と、声にもならない。さらに、今度は虎さんが続けた。

「俺は、知っていた。仲間同士の勘だな。俺は彫らなかったが、二年前までは、自宅の押し入れにチャカ五丁、あった」

「本当かな？」と真一。

夏の名残が居座るなかで、最後のパトロールの先頭に立ち、真一は思った。自分が、いかに狭量の世界にいたか。

（世の中は、判らない。そちら側の人間が仲間にいたとは。しかも二人もいたとは。そして、この三か月、平気で冗談をとばし合う仲になり過ごしていたとは。告白が最終日で、助かった。まあ、これで、おわり。）

秋の訪れを風が告げるその日は、早番で終了。特別なこともなく、いつものように解散した。これで、この制服とはお別れ。何と、濃密で単純な異世界だったのだろう。

真一は、この夏の三か月が、その後の行く道を、大きく変えて行く「入り口」になろうとは、まったく気付かずにいた。

そして、秋が来た。真一の胸に白い風が吹く季節で、キンモクセイの香りは、決してこころを明るく豊かにはしなかった。

秋か。そして無職の日々が戻ってきた。家族三人は出かけ、真一ひとりだけが、また、音のない家に残った。

「さて、次の収入は？」と呟いてみた。「仕事」ではなく「収入」と思うところが、現実的だった。

このような中でも、毎日、仏壇に向かい線香をあげ、一家の行く末の安寧を祈り、良い仕事に就けることを願っていた真一だった。しかし、仏壇にお供えするお花がないことがこころを痛めた。三百円を超えるお花には、手が出なかったのである。これが、現実の家計であったことは、その後の真一のこころの一隅に悔恨として残ることになった。

そして、相変わらず毎日のように、母の竹子から電話があり、用事を片付け、病院通いに付き添った。ある日、母から思わぬ言葉が出た。

「真一。もう仕事はしなくていいのに」

身体とともに、いくらか脳のほうも衰えかけているのかなとも心配される言葉だったが、それほど真一が辛そうな姿に見えているのだろうか？　母が時折りもらす言葉がある。

「わたしほど、不幸なものはいない」

大正末生まれの情緒の濃い性格は、時に真一を前にして涙を流した。独居老人。世間には数多いるが、母は母で、自分なりの孤独というものを、見つめていたように思う。

そして、K警備会社から、電話が入った。

電話の内容は、冠婚葬祭のセレモニーで市場の開拓拡大を続けているM社の仕事が始まるので、メンバーに入らないか、という趣旨だった。皆目、見当がつかない内容だったので、確認のため、K警備会社に出かけて、話を聞いてみることにした。「仕事」ではなく「収入」と自分に言い聞かせて知った内容とは、M社のセレモニーホールを訪れる会葬者の車の誘導駐車を仕切るというものだった。また、また、「異世界」。ますます、「本来、目指していた仕事」と乖離して行く。これから、真一はどこへ行くのだろう？

K警備会社を後にしながら、赤城山の蒼い山頂と、その遥か上の真っ青な空と、秋の陽射しにたっぷり照らされた北東方面を遠望した。確かに、この時ばかりは、茫然自失に陥っていた。「選択」はなかった。真一は、己の本業としている、もしくは、そう思い込んでいる広告制作の名刺を取り出して、眺めてみた。いかにも空々しく陳腐にペラペラに見えた「通販ライター」。「これで、飯を喰わねばならぬ」ともう一度、言い聞かせてみた。

「否」。その道を歩んで行くには、真一は、あまりにも孤独だった。さらに才覚もなかった。そして「収入は？」と、もう一度呟いてみた。

影が路に伸びた。その輪郭だけが、真一の今の器であり、もし力量を図るならば、それだけであった。

過去はなく、今と、これから。「将来」などという希望的なニュアンスではなく、歳も歳、力なく乾いた実感は「これから」だった。

この時、Ｆ社現役時代の映像が、きらきらと目の前に一瞬広がった。（あのまま、すべてが順調に行けば、今頃、俺は……）。幻影の中で、痛みが来た。バシッと平手打ちされた。秋子の両眼が睨み、そして微笑んだ。幻想を夢見ていてはだめ！　誘導警備員。阿川真一。

## 第十一章

# 綱渡り、落ちず

そういう「時」が過ぎた……。

まだ、牛丼の旨味が真一の口の片隅に残っている。

ひさしぶりの外食だった。

まるで、欧州の中世のお城のようにゴージャスな葬儀ホールの前を走る道沿いの松林の影が落ちる。今日の通夜を待つ、真一と田端さんと松尾の車が三台、駐車場の片隅の日陰で行儀よく並んでいる。まるで、昼寝をしているようだ。

炎天なのである。上州の夏は、山脈の上に積乱雲が盛り上がり、その白い雲の峰の上には、直視することが不可能なほど眩しく青い夏空と太陽がある。「太陽と死とは、じっとして見ていられない」（ラ・ロシュフーコー）……真一は、呟いてみた。水を飲む。ポットに入れて残った氷がカラカラと鳴る。喉に冷水が吸い込まれて行く。田端さんと松尾の二人は昼寝をしているようだ。昼間の告別式の疲れの中にいる。まだ、午後三時だ。通夜まで時間がある。それにしても、八月の終わりの上州は暑過ぎる。空は高く光り過ぎる。影は濃く黒過ぎる。全開の車窓を風が吹き抜ける。

突然、いがぐり頭の松尾が覗き込んだ。

「真さん」と声をかけてきた。

「今月は何時間くらいいきましたか？」と、松尾。

そう、時給で雇われている真一たちにとって、時間が、すべてなのである。時給、千円。

「百三十くらいかな。あまり計算はしないよ。増えるわけでもないしな。そういう松ちゃんの方はどうなの？」

「そうですか。同じくらいですよ。会社もバランスをとっているのかな。百八十くらいは欲しいですね、真さん」

「松ちゃん、お前。それは欲張りだ。俺たちは、他の仲間より、はるかに多いと思うよ」

と、真一。

確かに、真一たちの現場の前橋のMホールは、葬儀の数が県内で一番多かったし、規模も大きかった。どういうわけで、K警備会社が真一たちを、ここに配属させたのか判らないが、他の仲間の中には、不平を言う者もいるらしいことも、噂話で伝わってきた。

田端さんは、ずっと以前から、このMホールに雇われていて、K警備会社になってからも、真一たちと同じ条件でK警備会社の配下となったようだ。だから、このMホールを熟知しているベテラン中のベテランだ。そこに、真一と松尾が加わり、この三人がMホールの中心メンバーとなった。

田端さんは、元々は豆腐屋だったという。六十三歳で、白髪。刈り込んだ職人風の髪型が良く似合い、背丈の高い田端さんは、素朴で直情的な性格で一見、コワモテに見える。

「おい、松尾。ぐたぐた言うな！」

となりの車の中から、田端さんがきつく叱った。

「すんません。なにしろ、ケツに火がついているもんで。金欠病」

いがぐり頭を掻きながら、太り過ぎた巨体を揺らして松尾が応じている。パンパンに張った腹が見事だ。喰い過ぎだろう。

「何、言ってる。こんな仕事しか出来ない奴は、一食くらいヌケ！お前太り過ぎだぞ。動きが鈍い。まあ、目立ってわかりやすいけど」

田端さんは、はっきりと物申す。

「そんなに、喰ってねえですよ。でも、太る」

思い起こしてみても、仕事場で、こんなにカランとした素直なやりとりを経験したことがなかった真一には、愉快で新鮮だった。特に、田端さんというキャラクターには、今までの人生で初めての出会いだった。一挙手一投足はシンプル。道理を通す論調。世知には長けず、上州人特有の、情も深いが、潔く、しかも、軽口には長けている、職人根性丸出しの人格に、真一は惹きつけられた。

（そういえば、F社時代には、いわゆる世知に長けた周到さが要求されたし、そういう連中がうじゃうじゃいて、長けた者ほど、上部からのウケが良かった。まあ、サラリーマンの出世とは、そういうものだ。）

その夜の通夜は、会葬者が五百人と、Mホールの担当の女性が連絡してきた。松阪さんという名で、色白で、目がクリッとして愛想が良く、スラリとした長身で、真一と松尾の、お気に入りの女性だった。黒のスーツが良く似合う。話し終えると、必ずニコリと微笑んでくれる。男所帯の現場には、ひとつの楽しみであった。

しかし、である。会葬者五百人となると、警備員はおよそ五人態勢となる。まして、このMホールは、建物は大きいが、駐車場が複雑で問題の現場でもある。狭い正面駐車場。左奥には狭い道路で繋がっている第二駐車場。そして、正面には片道二車線道路が横切る。二車線の一方通行の道路の向こうに広がる変形な第三駐車場。そこに付帯する、二十台ほどとめられる松の下スペース。さらに街側にある第四駐車場、さらに離れたところに第五駐車場があり、会葬者の数の多少によって使い分ける。それればかりではない。さらに複雑な誘導に、第三駐車場とMホールを繋ぐ四車線分の横断歩道があり、会葬者は、そこを渡って来る。以前、事故もあったと聞いている。とにかく複雑で難儀な現場だ。

その夜、正面に真一と田端さんが陣取り、松尾は、第三駐車場に入り、他の二人が横断歩道に配置された。夕方五時、スタート。

夏の陽はまだ明るく視界は良く、松並木の四車線は、車でごった返していた。ぱっぱっぱと車が入り始めてきた。正面駐車場は、五時十五分で満杯。真一が、第二駐車場の入口に立ち、前橋方面から来る車を誘導する。松尾は、第三駐車場で、伊勢崎方面から来る車を誘導し駐車をさばいている。変形だから誘導が難しい。すべて田端さんの指示で慣れた動きをする。五時三十分を過ぎた頃、突然増え押し寄せた。第二駐車場も第三駐車場も満杯に近い。松の下も入り始めている。

ついに第四駐車場へと真一が走る。住職がやっと来た。Mホールの松坂さんに田端さんが連絡。住職が来るまでは、気が気ではない。あと十五分で通夜が始まる。その間、必死で耐える。第四駐車場にも次々と来る。その日は、アテがはずれた。第四駐車場も満杯。最後の第五駐車場へと、無線で連絡し合って導く。会葬者も迷っているようだ。何しろ一方通行で二車線、二車線。ぐちゃぐちゃのイメージだ。誰だか判らないが、警備員がひとり、なにやら訳の判らない叫び声を発して、第五駐車場に走っている。一般車も渋滞に渋滞。こんな時も、田端さんは正面にいて無線で仕切り慌てる様子はない。

六時十分を過ぎた頃、やっと収まった。

夏だから明るく視界がよく助かった。安堵の息をつき、正面方面へと戻り歩き始める。足が重い。とにかく、この松並木の伊勢崎に至る道路は、交通量が多い。時には一般ドライバーとトラブルもおこる。厭だけれど仕方がない。全員集合して、二班に分かれて休憩。

とにかく、ひといき。汗だくの身体を車のエアコンで冷やして、ぐったり。会葬者、五百と聞いていたが、いつもと違って、その数がそのまま訪れたようだ。いつもは、予測の半数で済むのだが、今夜は、まともにその数が来た。

さて、ひと休みした後、これで本日終了、ではなかった。入れたら出す。出庫。駐車場から一般道へ誘導しなければならない。実は、入れるのも大変だが、出すのは危険が伴う。笛を吹き、申し訳ないが、一般車を誘導棒で切り、頭を下げ礼を示し、適度な台数を出す。この繰り返しで、慌てると事故に繋がる。緊張が走る。この行動の基本は、大きく、はっきり。戸惑って迷う曖昧さは、NG。一般車輌のドライバーはもちろん、会葬者の車輌も、早く帰りたいため、お互いに焦り、苛立っている。一定の間隔で安全第一にと銘じて、少々のクレームは無視する。時が経つ。

そして、すっかり出払った後の達成感は、格別だった。なんと、その後、駐車場の上空に、しんとした音が鳴る。本当に、しんとした音が支配するのを感じるのだ。騒ぎ、終了。

正面に集合して、お疲れの挨拶。後は、我先にと帰る。真一は、いつも最後まで残った。余韻を楽しむと同時に、安全に済んだことに、ほっとした。形式的には、この現場のリーダー役になっていたのである。実際の指示は田端さんだが、リーダー役のような立場は避けたいようだ。終了の報告を、ホールの松坂さんに、真一が伝え、本日の終わりとなる。

Mホールには、まだ明るさが微かに残っている。お清めに入っているようだ。今日も、一日終わり。昼の告別式、そして別の一家の通夜。それだけだった。家計も、将来もなかった。

その間にも、真一は、「通販ライター」の名刺で、小さな制作の仕事を請け負っていた。A4判、B4判ほどの依頼が、稀にあった。F社時代の取引先が、二社ほどあり、仕事によって振り分けた。

「結構、仕事あるじゃん」

K美社の吉井が、お世辞のように言った。

「真さん。やっぱり、こっちが向いてるよ」と、吉井。

「いや、いや。無理。無理。まあ、あったら、デザイン制作は任すよ」

そんな中でも（やられた！）という仕事があった。個人が、いかに弱く、辛いか、という現実を味わわねばならなかった。

東京のあるTVショッピング会社から仕事が来た。

撮影からデータ納めまで、一から十の仕事だった。もちろん、引き受けた。

内容は、ハード商品でB3判表裏、アイテム数20点。こうなると、撮影スタジオ、デザイン制作、そしてプロデュースの真一と三部門が必要となり、真一は、プロデュースから、サンプルの搬入まで仕事が広がった。コピーも書かなくてはならない。撮影がめんどうだな。Mホールの仕事をこなしながらの二足のわらじは、すこぶるきつかった。ただ、前へ。前へ進まねばならない。五十四歳は、それくらいのことをこなせるほど、まだ若い。

撮影は進み、同時に制作に入り、九割ほど進み、間もなくカンプというところまで来た、ある日のことである。最悪。その仕事にストップがかかった。先方のトップからの指示を、若い担当者が力なく伝えてきた。星回りが悪い。

秋子の声がどこからか聞こえてきたような気がした。

「だから、言ったでしょ。あなたに独立は出来ないって」

並大抵の努力と才能と才覚では、ひとり立ちして生業にして行くことは、無理であると、常々、秋子から言われてきたことだ。組織の中で、ただバランスを保ちながら動いていた人間が、また、企業の看板の下で能力を発揮して、それなりの地位にあったひとりの男が、シャープペンシルと消しゴムと原稿用紙とトークだけで立ち泳ぎが出来るほど、この世は優しくはない。真一はひとりで、この事案を措置せねばならぬ事態に追い込まれた。まず、撮影スタジオの部長に、次に制作会社の社長に、事態を率直に伝えた。措置案は真一に任された。

この時、極度の不安からF社を退社せざるを得なかった時代と同じような底深い不安が蘇えって来た。なかったことにしてくれでは済まされない。けれども、よくよく考えると、この類の事案、初体験は、この程度で済まされたことには感謝せねばならぬ。そして、十分に己の非力を痛感させられた。

数日後、青山にあるそのTVショッピングの事務所に真一の姿があった。出来るだけ、ゆっくりと低いトーンで感情を入れず今回の実態と真一の措置案を伝えた。先方も措置案を持っているはずだ。

「真さんは、今後も、その両社を使いますか？」と、社長。

真一に、この時、ピンと来るモノがあった。難役の渦巻に巻き込まれたF社での経験が、この時に生きた。相手の背後にある、場合によっては、真一ひとりが窮地に落とされるかもしれぬ措置案が想像出来たからである。

「もちろん。自分の生命線とするところだ」

それ以上も、それ以下も言わなかった。

気まずい沈黙が流れた。エンゼルウオークと云うらしい。真一は、この業界を泳いで行く人間が、度々、経験するこの沈黙を、そう教えられてきた。真一は、耐えた。

「わかりました。これまでの制作費、四十万円、キャッシュでお渡しいたします」

肚が座り、弁舌にも、ビジネスの才覚でも、二歩も三歩も先を行っているこの経営者は、実はF社時代の後輩である。彼にとっては、ほんのさざ波が立ったほどの額であったろう。しかし、真一にとっては、逃げ出したい気分であり、それでもソファーに座り、脚を開き、一定の態度を精一杯、保持していた。

解決。しかし、次はない。そして、逃走。地下鉄に乗り込む。

この事案後、真一は、「通販ライター」の看板を、ひとまわり小さくした。K警備会社との兼業は、さらにほそぼそとしたものになった。

秋も深まった頃である。真一の携帯が鳴った。

## 第十二章

# 二径と三径あり

懐かしく聞き覚えのある、ややへりくだったニュアンスの声は、F社時代の田所という、真一の部下のものだった。そういえば、その後のF社は、首都圏にある某社に囲われ、一部の社員が新F社として引き継いでいると聞いていたような気がした。

「おひさしぶりです。実は、独立して制作事務所を立ち上げました。深野とふたりです。ついては、お手伝い頂けないでしょうか？」

という、丁寧な、しかし、下心さえも感じさせる響きが言葉の端々にあった。資金と先々の見通しは？　とも思ったが、四十歳半ばで独身、親からの資産もあると、以前、本人も自慢していたことがある。

「クライアントは？」と、真一。

「あります。詳しくは後ほど」と田所。

何かある。真一は、田所の言葉の裏に確信めいたものを感じた。

「ああ、いいよ」

真一は、明快に応えた。手伝い程度ならばよい。その頃の真一の収入は、僅かな制作もこなしながら、K警備会社の仕事が主であり、毎月、仕事は継続していた。

プラス・オンなら、それでいい。秋子に何気なく伝えると、

「そう、うまくはいかないわよ。足元をすくわれないでね」

K警備会社の仕事も、Mホールに加えて、結婚式場にまで広がって行き、一日、八時間という長時間労働も始まった。また、大手スーパーの開店セールなどのイベントも新規に

増えた。そんな矢先である。

その年の師走も深まった頃、母が倒れた。

心臓にも欠陥を抱えていた母の心臓が破れた。赤城山の麓にある心臓の先端医療センターに緊急入院をし、幸い一命はとりとめたが、集中治療室の母は眠り続けたままだった。

そして、主治医からは、喫緊の危険性が伝えられた。数日後、大晦日の夜八時に突然、家族に集合がかかった。今夜が越せるか？　真一と妹夫婦が病院に残り、秋子と真一の弟夫婦が、母の自宅へ急いだ。今夜の場合もある。自宅の奥の間を、とりあえず、片付けておかねばならない。

「南無大師遍照金剛……助けて」

真一は、祈った。

危険は去った。祈るような数日が過ぎ、一般病棟に移された母は、口数も少なく、ほとんど眠っている日々が続いた。吹き過ぎる赤城おろし。

偶然だろうか、Mホールに近く、真一は仕事の合間をみて、母の病室を訪ねることが出来た。

一命をとりとめた母の心電図は、まるで蜘蛛の巣のようで、とても心電図とは思えなかった。そして、ひさしぶりに顔を合わせた真一、秋子、妹夫婦、弟夫婦、お互いに覚悟は出来ていた。高崎からは遠かったが、代わる代わる病院を訪れ、母と話をし、汚れ物を洗濯して届けた。

そして、年も開けた三月、母は高崎のH病院へ転院した。もともと、母を連れてリウマチ治療に通院していた病院である。

サラリーマンではなく、K警備会社の仕事だから時間があり、真一は毎日のように、病院を訪れ母には会えた。個室で過ごす母は何を思っていたのだろう。そして、八十三歳になる母には、かすかな認知症の色が感じられてきた。

「真一、あなたのところへ連れてっておくれ。いやだ、実家に帰りたい。どうしたもんかねえ。ああ、鼠の鳴き声よ」

母は、日毎に幼心に帰って行ったように思う。もともと、小柄で肌は白く、ある日、白髪がきれいに整えられていた。弟の嫁が気を利かし、出張美容院で髪をカットして清潔に保ってくれたようだ。ちょこんとベッドに眠っている母は、安らかに見える。

そして、日々、言葉は少なくなった。そんな母の傍らで、真一もうたた寝をした。静かな時間が過ぎた。

こういう風に人は終わる。そして、真一は、母の傍らで過ごす、この時間が止まったようなひとときが不思議だが好きだった。父親が病と格闘し、死に神を睨み据えるように悶絶し、目を剥き耐えて、人里離れた病院で夜中に独りで逝ってしまったのとは異なり、母は母なりに諦め、運命を受け入れ、静かに穏やかに待っているように思えた。

そして、五月五日の夕刻、母は逝った。真一は、最後の時に間に合わなかった。あれほど毎日のように看ていたのに、逝くときはこういうものだ。端午の節句が命日なんて。真一は、悔いた。出来れば、もう一日生き延びて欲しかった。

母の生涯とは……。病弱だった幼少時の真一の手を取り、病院に向かう母は、なぜだかいつも和服姿だったように思う。そして、笑顔だった。


個人的には大きな出来事ではあるが、社会は無感覚で動いている。そういうものだ……。

一週間が経ち、真一は現実に帰ってきた。

その日のMホールは、警備員が十人態勢。県の要職にいた男性の葬儀だった。駐車場が足りず、近くの倒産したパチンコ店の駐車場も借りて、シャトルバスで迎え送る手段にでるほどの会葬者の数が見込まれた。真一、田端、松尾が正面に立った。

緊張感が身体と頭脳を硬直させた。

一挙に押し寄せてくる会葬者の車の群れは、怪物のように真一を襲った。ホール中央の駐車スペースにはカラーコーンが十数個置かれ、スペースを予め確保する。いわゆるVI

P用だ。加えて住職が三人来るという。そして、その担当が真一になった。ホール中央を制御する。

「そこ空いてるじゃあないか。停めさせろ」

VIP用のスペースを指して、一般の会葬者が怒鳴る。

「申し訳ございません。ホールの方から予約者用で確保しておけという指示のスペースですから、あちらの駐車場をご利用ください」

「ええ！　俺の方が先に来たんだ。おかしいじゃあないか！」

そんなやり取りが頻繁に起こる。厭になる。

シャトルバスが着く。降ろす。出す。正面に見える第三駐車場も既に満杯に近い。無線の応答が喧しい。しかし、この連中は、この仕事には慣れたもので、次々と駐車場に誘導して行く。

どこかで大声が聞こえる。

「おい！　どこに駐車すればいいんだ！」と、会葬者が怒鳴る。

あちこちで、この類の口頭でのやり取りやトラブルは、この仕事には付きものだ。

「さっさとしろ！」

「申し訳ございません。あちらの駐車場へ向かってください」

「いや、俺はあんな遠い所は厭だ。近くがいい。なんとかしろ！」

「満車です」

「あそこが空いているじゃあないか！」

「いや、申し訳ございません。あそこは、県の方が停まるエリアです」

「そんな差別するのかよ！　お前の警備会社は？　お前の名前は？」

真一は、胸の名札を読まれた。

やがて、葬儀開始二十分前ほどになって、やっと黒光りのする運転手付きのＶＩＰ車が着き始める。まったく、もっと早く来いよ！　舌打ちする真一。「とにかく、失礼のないように」というホール側からのきつい注意が、真一の胸を突く。

「どうぞ、こちらへ。ご用意しております」

つやつやの黒光りの大型車が、一台、二台、三台……と到着し始める。この連中は、まったく。まったく、何だ？　住職も、僅かな時間の差で着いた。

葬儀開始の五分前になると、騒動がやっと治まる。

一人、二人、遅刻した会葬者が小走りで入る。

無音という音が聞こえるような時間が訪れた。

真一は、静まり返ったＭホールの正面に立ち、改めて正面駐車場の全体を眺めた。松尾と田端さんが近寄ってきた。他の警備員は休憩に入っている。

「今日の会葬者は、千だと」田端さんが、呆れ顔で情報を伝えた。

「まったく、時給、倍欲しいですよね」と、松尾が続ける。

「バカヤロー。俺たちに、そんなお恵みはねえ。後でも出ねえ」と、田端さんが、げらげら笑う。

「まったく、金取り病は死の病っていうんだよね」と、松尾。

「後でとお化けは出ねえ」と、田端さん。

真一は、二人の掛け合いを、一息つきながら楽しんでいた。

松並木に、また二度目の夏が来て、熱風が吹き渡る。目前の伊勢崎に向かう車も順調に流れ出した。

その時。ふと、である。ふと、真一はMホールの正面玄関の方向に改めて目を向けた。未知の力がそうさせたとしか思えない。熱風がひときわ、ざわつく。

黒塗りの大型ＶＩＰ車が連なって駐車している。車内には運転手が、退屈そうに寛ぎ、葬儀の終わりを待っている。

真一の、頭脳が揺れた。

生まれて初めての感慨である。五十数年間の真一の人生に底知れぬ深淵が、その瞬間切れ込んだ。おそらく生涯に一回きりの景色。

（ああ、俺はあのように、偉くなれなかったなあ）

そして、今ここに警備員として立っている真一の現実がある。

その遥かな距離感。一瞬、人生のフラッシュバックが過ぎった。遠い昔、小学校六年生の頃の記憶である。

「もっと、勉強しなさい。そうしたら、きっと……」と、担任が諭した。

初めて、こころを寄せた、ある担任教師がいた。

そして、真一は、こう思った。そう。今、私は、こうしてここに警備員として立っています。偉くはなれませんでした。

そして、このどん底というべき、地面を這うような立ち位置にいた真一のこころを支える閃きが、まるで天から降りてきたような瞬間があった。すなわち、世の中にあるあらゆる職業に、すべて最後に「屋」を付けるという精神操作だった。これにより、すべてが同列に客観化出来るというものだった。

総理大臣ではなく総理大臣屋、政治家ではなく政治家屋、公務員ではなく公務員屋という風に、である。以下、記してみる。閣僚屋、官僚屋、学者屋、哲学者屋、思想家屋、芸術家屋、医者屋、薬剤師屋、評論家屋、小説家屋、脚本家屋、音楽家屋、弁護士屋、公認会計士屋、税理士屋、司法書士屋、教員屋、宗教家屋、住職屋、ジャーナリスト屋、キャスター屋、映画監督屋、俳優屋、プロ野球屋、プロサッカー屋、ラグビーのラガー屋、水産屋、鉱業屋、建設屋、食品屋、繊維屋、紙屋、化学屋、医薬品屋、石油屋、窯業屋、鉄鋼屋、非鉄屋、金属屋、機械屋、電気屋、輸送機器屋、精密諸工業屋、卸売業屋、小売業屋、銀行屋、証券屋、不動産屋、運輸屋、倉庫屋、情報屋、通信屋、電力屋、ガス屋、サービス屋、サラリーマン屋、警備員屋、フリーター屋、無職屋……という風に。

同じ仲間ではないか。仲良くやろうや。皆同じである。

もともと、立身出世なんぞ、自己実現なんぞ、名誉欲なんぞ、大嫌いな性格であった。そんな真一に、原風景がある。寝台にもたれた白い寝間着の婦人と祖母が会話をしている。幼少の真一は、部屋に入ることを許されず、縁側から中を見ている。広い部屋だ。祖母の友人であった婦人が寝台から、幼少の真一に微笑み、声を掛けているシーンである。退屈した真一は、霧雨の中に出て、傘をさし、広い庭の一画にある池に降る霧雨を見続けている。見続けている。淡紅色の蓮の花が咲いている。雨に濡れている。

あそこで、幼少の真一は、この世界の何ものかに、真一の人生における何かを決められてしまったのだと思う。

あの婦人は高校教師であり、肺結核を病んでいたのだと、後に祖母に知らされた。

そして、真一の時は経った。

突然、目前を走るエンジン音が、真一を現実に戻した。

警備員とささやかな広告制作での収入。そして、息子たち三人の大卒までが、その時の真一の単純な使命であった。

「おい。休憩するぞ」と、田端さん。

その他の連中と交代で、真一、田端、松尾が休む。真一は、今や我が家で唯一となった軽乗用車に乗り込み、エンジンをかけエアコンをめいっぱいきかせる。性能が良いのか、冷風が心地よく、汗ばんだ身体を冷やす。その軽乗用車の後部は凹んでいる。ある日、ダンプに擦られ、弱気な真一と秋子は文句も言えず、残った凹みだ。「世の弱者」となった証しでもある。

松尾は独身でビンボーなくせに、一代前のクラウンと軽自動車の二台も愛用しているのが不思議でたまらなかった。田端さんは、豆腐屋時代の店名が残っている古い軽ワゴン車に乗っている。

葬儀が終わった。真一が所定の位置に戻ろうと歩き始めた時である。「おひさしぶりです」と、声を掛けて行く会葬者の女性がひとりいた。

「あれ？　古沢くん？」

真一のかつての部下であり、真一がしたたかに酔った時、介抱してくれて、額に唇を寄せてきた記憶のある女性である。もちろん、深い酔いの中の記憶であるから定かではない。切れ長の眼がセクシーな印象の古沢洋子は、公務員と結婚して伊勢崎に住んでいると、誰かに聞いた。公務員か……。

（ああ、こんなところを見られてしまった）

いずれは、こういう場面に出くわすだろうと覚悟はしていたが……。

警備員の制服を着て、誘導棒を振り、笛をピーピー吹き、時には敬礼さえする。職業は、警備員。会社員ではない。たとえば、事件を起こしたとする。すると、職名は警備員と称せられて世の中に告知されてしまうのである。一歩の友人も、この伊勢崎道を利用しているかもしれず、見られてしまったら……困るなあ。ぐるぐると、真一は思いをめぐらし、塞ぎこんだ。

最低の気分だ。古沢洋子との再会は、真一に新たな「己の立ち位置」というものを気付かせたのである。逃げるように休憩に急いだ真一は、駐車場の一画にある松の根に足をとられ、あっという間もなくつんのめって、地面に顔をしたたかに打って倒れた。しばらく動かなかった。いや、動けなかった。やがて、恥ずかしさが込み上げて来ると同時に上を見上げた。そこに、空があった。「地面に頬を擦り付けて」空を見上げると、そこに「世の中というもの」があった。

真一の視線は地面の位置にあったのである。

これでもか、これでもか！　と、世間という靴底に踏みつけられ、地面に頬を押し付けられている気がしてならなかった。今日の仕事が終われば、安価な焼酎に肝臓と脳を攻撃されて一日も終わる。

翌日、田所からの携帯が鳴った。

「明日、打ち合わせ、お願いします。都合の良い時間で。こちらは、いつでもＯＫです」

田所の声は弾んでいた。

真一の胸に、温かい空気が注がれた。制作かぁ。

翌日は、Ｋ警備会社の仕事もなく、田所の事務所を訪れた真一は、まず、事務所内部の粗雑さに驚かされた。そして備品などのほとんどがＦ社の残り物を使用しているのに気付いた。デザイン事務所は、かくあるべきだと思っていた真一は、その格差に改めて現実というものを見た。それは、それでよい。そんな事務所風景の中に、チョコンと納まる感じで田所と深野がいて、曖昧な笑みで、真一を迎えた。何年ぶりだろうか？　ふたりともまったく変わっていない。

これもF社時代の懐かしい打ち合わせテーブルに着き、説明を聞く。

「実はF社は、あれからB社に買い取られ、社員二十人ほどもB社に移り、そのままB社に配属されたもの、新F社となって高崎に事務所をおいて活動するもの、そして、私と深野が切り離されて独立して、新F社の制作物のすべての制作を任されました。また、B社のメンズカタログとパンフも任され、これが重くのしかかり、私と深野とはB社の制作に回り、阿川さんには新F社の制作物を手伝ってもらいたいと、思っています。アパレルが主なるものなので、F社時代とほとんど変りません。ついては、F社時代の制作室にいた二人を阿川さんに付けます」

という話だった。

「話はわかったよ。ただ、毎日、フルタイムは無理だよ。こちらも、当面の仕事もあるしね」

真一は念のため、確認をした。

「ええ。毎日あるわけではなく、原稿などは、新F社の大林さんが届けてくれると思います」

「ああ。大林。新F社に残ったの？」

「ええ。なにしろ、新F社で制作物が判る者がいなくて、大林さんが残りました」

「そういうことか。まあ、仕事の段取りや校正など、手伝える部分はやるよ。いつからでもいい。ただし、今の仕事の合間をみてね。まあ、今の仕事も夜七時には終わるので、それ以降は何時まででもOK」

新F社の担当が大林氏と知って、真一は安心した。制作に精通している上に、段取り上手で、話が判る。

「では、助手ふたりを紹介します。入って」と、田所が、笑っている。

これは、まあ、驚いた。嘘かと思った。直子さんと朝子さんが満面の笑顔で登場した。

「おひさしぶりでーす。えへへ。えへへ」

なんと現れたのは、真一のF社時代の部下であり、しかも最も古い部下のふたりだった。

「びっくりした？　もう、ふたりとも、オバサン。主婦で母」と、ふたりの笑顔。

「わおう。いやいや。デ・キ・ルふたりではないか！」と、真一が驚き褒める。

「田所さま、用意周到だね。さすがー」と、続けて真一は田所を褒めて、拍手し、その後握手を求めた。

「真さんのためですよ。ぬかりはありません」

「ああ。真さんとまた仕事が出来るなんて信じられない」と、感動を見せるふたり。

まったく、このふたりは、仕事が出来て優秀。オクチの方も旨く、頭も切れて、真一の大体のところは見抜かれている。そして、平気で、いわゆるタメグチで真一に話しかける。F社当時、手早い仕事ぶりでも重宝していたふたりを見て、ホッとした気分にくるまれた真一であった。まあ、どれほどの仕事になるか見当もつかないが、出来ることは、やろう、と決めた。

こういう風に、真一のダブルワーキングが本格的に始まった。

なにしろ、プラス・オンの仕事なのである。良いことではないか。まあ、まあだ。気分的に、やや余裕が出てきた気がするし、仕事も、こぢんまりとしてではあるが、整ってきた。金銭的には、これで、仏壇に飾る花も躊躇なく買えるかな。今までは、三百八十円の花に手がでなかったことを後悔していた真一である。

その夜、仏壇に灯りをともし、ある思いにふける真一がいた。

花のない仏壇は、こころを乾かしてしまう。父が逝った後で、母は、古い仏壇から新たに大きな仏壇を、価格も気にもせずに、父のために買った。真一の暮らし向きからは考えられない、母の行動であり、また思いであった。しかし、その気持ちが、今は痛いほど判る。後妻であった祖母の力は強く、父を婿として迎え、母も仕事を持ち、祖母と父の狭間の中で耐え、ガタピシとした暮らしの中で、三人の子を育て上げ、孫は八人にもなった。そして、金銭的にも余裕がうまれ、定年退職後の父との十数年間のふたりだけの暮しが、母の生涯での一番しあわせな時間だったのに違いない。

その思いが、この大きく立派な仏壇に表れている気がする。

真一は、その夜、しばらく仏壇の前で、これまでを振り返り、今を感じ、そして、これからを思った。

夜の仏壇の灯りの光りは小さければ小さいほど、ささやかな幸せというようなものを、胸に焼きつけた。

なにはともあれ、収入的には、プラス・オンなのである。

今夜は、金欠のため、疎遠だった日本酒が、たまらなく飲みたくなった。近所の酒屋は、まだ開いている時間だ。

「酒、買ってくる」と、真一。

「あら、まだ、あるじゃない？」と、秋子。

「いや、今夜は日本酒。日本酒。安いのでいい。でも、日本酒」

旨くも不味くもない銘柄の一升瓶をぶらさげ、街灯に照らされた自分の影を見つめ、そして、夜空を見上げた。すうーっと夜気を、胸の奥まで吸った。その時である。何十年も前の記憶が蘇えって来た。そう、東京の真一のアパートに、冬の冷気とともに現れた、若い秋子の笑顔である。そして、その時の冷たく澄んだ空気である。冷たいのに、そのどこかに温かさと人懐かしい思いを漂わせている、あの空気である。そして、秋子に救われた。旨くも不味くもない。ここに日本酒という深さと魅力があると、真一は思っている。

その夜の日本酒は、真一の脳と四肢を緩めた。饒舌になった真一は、秋子に語りかけた。

「迷惑をかけてきた最低の亭主だよ。でも、新しい仕事がプラスになったよ。こんな収入でも、よく耐えてくれてるよ」

一歩は卒業し、就職氷河期ではあったが、東京の日本橋に本社を構え、新潟に第一工場のある、いわゆる東証一部上場と呼ばれている企業に就職していた。研人は大三になり、千明は高三になっていた。

もう少し、否、まだまだ……。今の家計には、日本酒は贅沢な嗜好品に違いない。焼酎甲類のペットボトルが家計には合っている酒である。秋子とだから、暮らして行けるのではないか。こんなアルバイトのような仕事と収入でも、である。

しかし、家計は、相変わらず瀕していた。

径、三径あり……という。一径が、F社ならば、二径は、制作とK警備会社の掛けもち、そして三径は、制作一本でという生業。今の真一は、二径にあたる。TSI社とコンビを組んでいた時代は、三径にあった。

ただ、二年間ほどで崩れた。

シャープペンと消しゴムと原稿用紙の三点セットにトークで暮らしてきた、真一の、これまでのスキル。しかし、それだけで、生業を成立させるほど、真一には力量がなかった。

日本酒、四合。酔いのまわった真一に、秋子がズバリ言った。

「また、無茶するの？　F社時代に戻っちゃうわよ」

確かに、秋子に一理あった。真一に、一理はあっただろうか？

その夜、なぜか新宿の灯りの連なりの夢を見た。

あのまま、東京に残っていたら、今頃、俺は……。あの小さな出版社も間もなく倒産したと言うし。あの時の、個性の強い仲間たちは、今。強い不安が湧くと同時に目覚めた。

しかし、ここは高崎である。秋子と一緒だという安心感に変わった。


はたして、今日は仕事があるのだろうか？

K警備会社の仕事は、発生したら真一宛に連絡が来ることになっている。毎朝、起き、決まった仕事へ行く「勤め」とは違い、「連絡待ち」という体制だった。

そこに集まる連中は、さまざまだった。かつての職種。過去。家族。寡聞な中でも伝わってくるのは、いわゆる安定した勤め人の道から外れた者たちであった。その他、ひっくるめて、列挙にいとまがないというほど、種々雑多だった。世の階層……。仲間には、少数だが女性もいた。

「どういう経緯でこの仕事に？」

と、訊くことは禁句である。ただ、その辺に転がっている男の警備員に比べても度胸が良く、肚も座り、動きが速く、頭の回転も良かった。時には、新米の真一は、指図されて、その女性の下で動いた。叱られた。

「動きが鈍い。悪い。理に合わない」と、言葉は、辛辣だ。

女性は男より優秀ではないか？　改めて、直子さんと朝子さんの仕事ぶりを思った。ただ、Ｆ社時代の女性社員は、色々だった。

出社しても、仕事の不備を指摘されると、泣きべそをかいて帰宅してしまう女の子もいたし、口先の理で抗してくる大卒女性もいた。あああ。さまざま。いろいろ……。

その日、午前十時を廻ってもＫ警備会社からの連絡はなかった。

真一は、田所の事務所に向かった。ひとりで在宅しているのは苦痛だ。そういう理由だけで家を出る。今日も我が愛車の「軽自動車」は快調に走る。エアコン付き、ＦＭ、ＡＭもＯＫのマニュアル車は、秋子の要望だった。寄り道をしよう。榛名に向かった。時間潰しには絶好のコースだ。榛名の南面は、晩秋から初冬に向かう、冷気を含んだ山風が吹き渡り、山肌や里の村々の屋根が、上州特有の冴えた陽射しで光っていた。丘陵が連なっている。

真一の大好きなある高台に車を停める。午後一時半の明快な空の下に関東平野が広がる。遠く、筑波山かと思われる山頂が、小さな点に見える。真一は、外に出た。空気を思いっきり吸いたくなったからだ。すると、曲がりくねった小道を、自転車にすがり付くように腰を折り、下って行く農夫がひとり見えた。古びた農家からは、鶏の一声。遥か眼下の農道をのろのろと行く白の軽トラが一台。榛名の主峰は、間もなく訪れる冬の寒風を予感させていた。その時、大型の鳥が眺望を一直線に切り裂いていった。

南面は、まだ暖かさを残す秋の陽射しがたっぷりだが、北面の日陰は、既に冬の冷気が渦巻いているに違いない。目を閉じ、真一は、榛名山の北面の一画に吹き始めているらしい冬風を思った。やがて、三国の山を越え、関東平野を風速三十メートルで吹きさらす、あの槍風が来る。槍風とは、「日句」で真一が作った造語である。

誰にも語らない真一だけの心象風景に、ちいさな震えをおぼえながら、真一は、思い立ったように頭を振り、エンジンを掛けた。FM高崎のボリュームをアップし、車内いっぱいに響かせて坂を降りはじめた。エルトン・ジョンだ。ラークをふかした。そして、前方には一面の関東平野が広がっている。真一は、広大な平野が好きだった。
その日は田所の事務所で二時間ほど、校正と整理で終了。

## 第十三章

# 雪降りやまず

K警備会社と田所デザインオフィスとの二足のワラジで冬が来て年が明けた。午後一時にMホールの仕事が終わると、田所デザインオフィスへ。その距離は五キロメートル程。これがラッキーだった。校正やらコピー書きやらを、ひととおりこなし、きりのよいところでMホールの通夜に駆けつける。通夜を七時に終えると、また田所デザインオフィスに向かう。そして、新F社の大林氏の来訪を待つ。八時前に大林氏が来る。新原稿、校正を持ってくる。真一は、それを確認し、本日上がりの企画のカンプを渡す。校正に関しては、計画通り、その夜のうちに外注デザイナーに持ち込み渡す。

「今夜の校正、赤字で真っ赤。申し訳ないけれど日程通りに」と、真一の念押し。

帰宅が午前零時を回ることもある。それでも、制作は面白く、F社時代に比べると、真一はイキイキとしていた。スケジュールは曲げない。スケジュールがなく、納期ありきの仕事は、その間フリーでラクに思えるが、最後にツケが回ってきて苦しみが必ず来る。この辛酸はF社で舐め尽くし、嫌になり、退社後のTSI社の制作受注で解消させた。けれど、秋子は、真一の仕事ぶりには否定的だった。真一が午前零時を回って帰宅した、ある夜のことである。

「こんな時間？　もうやめたほうがいいね」

「ああ。疲れたよ。もう続かないね」

などと言葉を掛け合い、一日は、終わる。夜中に風呂に入り、欠かさず一杯やる。これは、F社時代と変わらないが、午前二時のアルコールは、幸い毎日毎夜ではなかった点に救いがある。

この冬は、雪にやられた。Mホールに十センチメートルの積雪。その中を告別式が行われ、あいにくの天気にも関わらず、大勢の会葬者が訪れた。

「これは、辛いよ辛いよ」と、田端さん。

「金取り病は死の病。」と、松尾。

真一は、イラつきながら、あっちこっち、雪の中を走り回った。皆、用意が良く、ゴム長靴を履いている。いつもの革靴で臨んだ真一は、沁み込んだ雪水で、足先から腿までズブ濡れになった。

(生まれて初めてだ)、この極寒は。どうなることやら。

やがて、時間の経過とともに、冷たさを通り越し、後頭部に重い痛みが来た。ふらふらになった。終わりの時間までもつだろうか?

しかし、終了時間が見えている時の真一は、強かった。

「おい。大丈夫かい?」と、田端さんから無線。

「あああ。なんとか」と、真一が無線で返す。

雪降りやまず……。みぞれ混じりの降雪は、さらに、冷たい。会葬者もはけた様だ。びしゃびしゃ。車が音をたてて、低速で行く。後十分間で終了時間となる。この十分間が、意外と長い。腕時計の針は、ゆっくりと時を刻む。そして、終了。

真一は、速足で愛車に急いだ。いかん! 雪に足をとられ、滑り倒れた。

「又かよ。たまらんなあ」

雪を恨むな、己の境遇を恨め。

一時間、エンジンをかけっぱなしで、「暖」のエアコンをフル回転させ、ずぶ濡れの下半身に当ててた。やがて、靴も靴下もズボン下もズボンも、徐々に乾き始め、温かさが全身を包んだ。ちいさな幸福感と快感。空の下での仕事とは、こういうものだ。晴れは快感。雨、雪、風と夏の熱、冬の極寒は、忍耐。車の中で、眠気が深くなる。おぼろげな意識の中で、（このまま、ずうっとこの仕事？）……。大きなため息がひとつ、ふたつ、みっつ。

真一は、忍耐力のようなものに於いては、並み以下だった。稀に並み以上の力を発揮することもあったが、その場面は極めて少ない。

「何だ、おまえ、もう飽きたのかよ！」

いつも、そう批難されてきた記憶がある。自分でも自覚はしていたが、幼少にまで遡っても、忍耐力を鍛えた経験はなかった。

そう、ずうっと飽きやすく、決められない人であり、道を拓く人でもなく、目標・目的を持つ人でもなかった。

雪が止み、西空から明るい二月の陽射し。雨上がりの好きな真一は、心地よさを取り戻した。今夜の通夜はなし。田所の事務所に顔を出して、少々、打ち合わせをして帰宅しようと、びしゃびしゃの道を走りだした。出来れば、秋子に褒めてもらいたかった。

いかに冷たかったか、限界を越えたか、耐えたか。ここでも真一は、甘えん坊のままだった。

# 第十四章

# 十八度目の履歴書

千明が勝負に勝った。ソフトテニスの試合では、なかなか勝てなかったが、いざ！　というところで、根性を見せた。志望大学、合格。研人が四年生になり、千明が一年生で、同じキャンパスで行き交うことになる。一歩は、新潟で会社の独身寮。

後、四年間だ。真一と秋子の気持ちが、一緒になった。

ただし、生計は、直視せず。真一は、とても怖くて通帳を凝視出来ず、日々を過ごした。真一の平均月収は、K警備会社から十三万円ほど（この二年間は、ほぼこれのみ）。そして、数か月前からは、田所の事務所から三万円ほどがプラスされた。秋子は、八万円から十万円。これだけで、二人分の学費、四人分の生活費が掛かることになる。一歩の大学入学から千明の大学卒業まで、あしかけ九年間。誰かしら一人が大学生で、何年間かは二人が大学生で重なることになる。僅かな貯蓄が、ぼろぼろと欠けて行く。今、いくらあるんだろう？　とても怖くて秋子には聞けなかった。

国保、国民年金の支払いもある。これも気になる。生計は、秋子が管理し、真一は秋子にまかせっきりであった。

車の運転免許は、自分の金で取る。これが真一と秋子の方針だった。明確に伝えてはいなかったが、一歩も研人も、アルバイトなどの自分の金で取った。千明も続くに違いない。およそ、真一と秋子夫婦は、息子たち三人に対して、アレコレは言わず、また、金銭的にはキツイことは、息子たち三人も承知していた風である。三人とも、マイペースで大人になった。そして、この三人だからこそ、真一と秋子は、低い暮らしでも「低安定」を続けられたのだと思う。

ただ、真一には、運転中などに「このままで行くと？」という、この男特有の、あの不安感がまた胸を揺らしてきた。そして、すぐにでも、その解決を求めた。これも真一特有の性格である。

「社会保険付きの勤め」。そして「安定」。この不安な症状が、真一を一日中、支配する。

ある日、茫漠とした感をもてあまし、前橋の利根川の河原に立ち、流れを見つめる真一がいた。高崎の烏川でも碓氷川でもなく、薄白青に渦をまいて流れる大河でなければならなかった。さらさらの流れではなく、人を呑み込むうねりが恐怖にまで達する大河、前橋の西を流れる坂東の大利根を必要とした。

どこまで流れる？　そして、その行方は？

真一の不安は大きく、望みは小さく揺れ動き、制御が不能に思えた。だから、対峙出来る大河を必要とした。利根の流れは、呑み込み、砕き、流し、強力だった。真一は、飽かず眺めていた。東へ向かう利根川の上に、三国の山から吹きだした今年最後の名残の雪雲が、その縁を白く輝かせ東へと向け、千切れ消えて行った。

利根川を有するだけで前橋という地は、ある深みがある。

前橋Mホールの仕事の合間に、時折、真一の姿はその川辺にあった。そして、真一の胸に突き刺さる思いは切実だった。

Mホールから、どこか他の場所へ。

数週間過ぎたある夕方、携帯が鳴った。良い知らせかも知れない。電話の相手は元田氏だった。氏は、ＪＲからＭセレモニーに出向の立場にあり、その本部で事務の職にある。その本部近辺の結婚式場が、ある日の真一の現場であった時に親しく世間話に花を咲かせた間柄であった。そして、常々、真一は、氏にぼやいていた。

「社会保険付きの仕事ないかな」

元田氏は、電話口である仕事の情報をもたらした。

「電車の清掃で、社会保険付き。行ってみるかい？　所長に話しておくよ。まあ、給料は安いけどね」

慣れてきたK警備会社の仕事に飽きてきたといっても、五十五歳にもなる男が新しい職場へと移るには、ある一定の量の勇気のようなものが要る。しかし、「社会保険付き」という条件はキラキラ光り魅力的だった。真一にとっても秋子にとってでもある。

「この話、のった！」

その夜、秋子に告げた。

「どこでも、ご自由に。私は、今の仕事を続けるだけ。なんとかやっていけるし。後、四年間、辛抱すれば、ＯＫ」

そう言い放った秋子の表情には笑みがあり、同時にどこか不安感もある両面が見て取れた。似た者夫婦というが、よくよくこの二人は、お互いに小心者で愚図で、ある程度の誠実さがあった。

こうして真一は、人生で十八度目の履歴書を書くことになった。

履歴書は、自室の抽き出しに、たっぷりと用意されていた。ある意味では、真一の「長年の友」でもあった。ただ、面倒であった。同じことを書き繰り返すことの苦痛に、真一は不愉快の念を強く持った。こういう気分の解決策として、音楽に頼った。ダスティ・スプリング・フィールドを聴く。中でも秀逸な「この胸のときめきを」。高校生のとき、突然、胸に突き刺さり、恋や憧れや女子高校の制服姿の秋子や、陽光、風、ちぎれ雲など、あらゆる世界が、真一の胸をいっぱいに満たした歌が「この胸のときめきを」。ダスティ・スプリング・フィールドの、やや悲しげで伸びやかで永遠性を帯びた歌声に、真一の気持ちは晴れた。失意の時に聴く曲であった。

まるで活字のように丁寧に書き、十八度目の履歴書は、きれいに仕上がった。完璧だ。ただ、ある種の虚しさを伴う独特の疲労感が残った。

「もう何度目だろう?」と真一は、溜息を吐いた。

そして、ラッキーにも、面接先の電鉄整備会社は、新前橋駅の北口にあり、長い歩道橋を経て南口に至り、歩いて三分で田所デザインオフィスがある。歩道橋からは広大で数知れぬ線路が引き込まれている操車場が見える。

古い木造の二階建ての建物が三棟。薄水色の壁は日焼けして、風雪に耐え、乾いていた。その一棟が、事務所兼詰所のようだった。当日は、真一の他にもう一人、オシャレな老紳士風の男性が面接に訪れていた。

ふたりとも即採用。ひとまず、ホッとした。回りを見回すと、幾つもの長テーブルと長椅子。大きな台所まであり、なんだか美味しそうな料理臭が漂っている。従業員は、電車の清掃に出払っていて無人。所長と年配の事務員が数人残っている。見れば見るほど、かつての国鉄時代がイメージ出来る。屈強な身体と濃い顔立ちの事務員が作業服姿で、真一たちの方をうかがっていた。今度は作業服か。真一は、異常に仕事着に拘る。Mホールでは、まるで警察官と見紛うような制服だった。そして、今度の職場では、グレーとネイビーの昔の国鉄風の作業着である。永年、スーツとカジュアルで過ごしたF社時代への思い入れが残っていて、仕事着によって、まるで人格までが変わって行くように思えた。着古したような今度の作業着も、決して良い感覚ではなかった。

外形は人格まで変える？

初日は、現場の見学と説明で終了。なにしろ、別世界だ！

百メートルはあるかと思えるコンクリート製の洗浄台が四本。広大な敷地の引き込み線路は数知れず、また広大で聳えるような電車の整備場。そして、電車を清掃中の従業員が、新入りの二人をちらちらと盗み見をしている。

今度の新入りはどんな奴だ？　詮索めいた視線が、真一には不愉快であった。はたして、やって行けるのだろうか？

ＪＲからの出向メンバーが半数、その他の中途採用が半数という人員構成らしい。

給料は手取り額で十三万五千円。しかし、社会保険が引かれての額なので、K警備会社のMホール中心の仕事よりは、まだマシだった。それにしても、この額が現実だった。

ただし、国民年金から厚生年金へ、国民健康保険から協会健保に変わった。失業保険にも、もちろん加入する。この小さな安心感に、真一は、世間の一員に、やっと戻れたような気分になった。ただし、その資格は得たが、内容は世間並には遠かったことには変わりがない。

F社のレベル。あれから、ずいぶん遠い所に来てしまっていた……。

翌日から、現場に出る。はじめは、ひととおりの業務を先輩に付いて経験する。なにしろ、ここも異世界。様々な決め事があり、道具があり、順番があり、動きがある。なおかつ、相手は電車である。車種もいろいろ。乗る客の立場しか経験のない真一が、百八十度、真逆の位置に立っている。JR出向の連中には、我が家の畑を耕しているようなものだろう。しかし、真一には107系、115系、209系、211系……等々と呼ばれる電車が入線して来るが、皆目、判らない。JR出向の連中にとっては、自分の暮しの一部のようなものであり、その分、デカい顔をしていた。

「副所長には、気をつけろよ」

二日目の見習い研修の指導役の井出さんから、いきなり言われて、真一は驚いた。そして、同時に、今後の職場暮らしが決して順調ではなく、何が飛び出すか解らない暗く不安なものになるかもしれないと、予感せざるを得なかった。

「ガム削り」という小道具がある。電車の床に、乗客の中の不届きものが噛み捨てたガムがこびりついている。これを取り去りきれいにする小型のヘラのようなものだ。いつも腰に装着して現場に出るときの必需道具である。真一は、その「ガム削り」を確認して、三日目は「全掃」と呼ばれる仕事に就いた。文字通り、電車を丸ごと清掃する。指導役が付き、真一は、見よう見まねで動く。電車の床に、モップで洗浄剤を隅々まで塗り塗りしながら、次から次の車輛へと進む。ガムの汚れがこびりついていたら、「ガム削り」できれいに削り拭き取る。これを見落とすと、後から続いて来るポリシャー係りから怒鳴られる。

「バカ野郎！　ちゃんとやれ！」

そもそも「全掃」というものは、六人一組で構成され、一日に、午前に一本、午後にもう一本、別々の電車を全掃する。そして、洗浄剤をモップに浸し、床に塗り付け進む係りが「一番」と呼ばれ、これは、新米か未熟社員の役回りとなっている。だから、怒鳴られ、馬鹿にされる。ポリシャーマンが「二番」で偉く、これは、文字通り、重いポリシャーで、塗られた洗浄液をこねくり回しながら、床の汚れを落とし進む作業をする中心的な役割を担う。続いて、ワッパと呼ばれる「三番」が、出た汚水を電車の外に掻き出す。

その後を、もう一人が追いかけて、モップできれいさっぱりと拭き上げる。このさっぱり感は「全掃」の醍醐味だ。完全に床が乾いたのを確認して、リーダーがワックス掛けをする。ピッカピッカになった床が乾くまで待つ。その間、電車の外側の窓ガラスを拭く。さらに、主に女性の役割になるが、一人、トイレ掃除の専属員がいる。これで、「全掃」は、一丁上がりとなる。もちろん、その前には、内側の窓ガラス、持ち手、内側壁、支え棒、荷物置き、ドア内側を拭き上げておき、椅子をあげ、椅子下部の中まできれいに仕上げておく必要がある。この一連の作業を、滞りなく短時間で、無駄なく完璧に仕上げる連携プレーは、良く出来た作業工程だと、真一は感心した。

そして、仕事には、旧国鉄マンの鉄則が徹底している。「余分なことは、ヤルナ！」と。一度拭いた所は二度と拭いてはならない。「そこはもう、済み！　無駄だ！　余計なことはするな！」。こういう点にもかつての旧国鉄マンの風土は生き残っている。正確で安全、厳しくあるとともに、民間企業にある「念のため」という作業はご法度だった。

「へーえー。なあるほど」

真一は、明治、大正、昭和、平成と連綿と続いてきた長い歴史を綴った「国鉄時代」を、「敵わぬ」と思った。

初日、二日目、三日目と、真一は、一番目の洗浄液の塗り役だった。一番、簡単な仕事。

それでも、座席下などまで、隅々にまで洗浄液をまんべんなく塗る作業は、骨が折れた。後からポリシャー係りが見る見る迫ってくる。ベテランのコワモテだ。「ほれほれ、なにやってんだ！　おそい！　おそい！　どんどん！　どんどん！」と怒鳴り声が追い掛けてくる。

真一は、必死だった。一輌、二輌、三輌目まで来ると喘いだ。残りの二輌が遠く霞んで見えた。その時である。真一は、人生で初めて「限界という線」に気付いた。そう、「線」が見えるのだ。次の車輌の真ん中あたりに「線」が浮いて見えた。そこを目指して息も絶え絶えに、塗り、擦り、塗り、擦り、行く。「線」は、遠ざかる。

終了。真一は、洗浄台に転がるように出て、ひっくりかえった。どこからか視線を感じた真一は、それが新入りに注がれる、この職場特有の空気であると、厭な気分に襲われた。

「リーダー。水を飲んでよろしいでしょうか？」

四月の太陽は、夏を思わせた。洗浄台の水道の水は汚い。錆色だ。それでも、真一は、我慢出来ずに飲んだ。どうにでもなれ！肉体の限界。そして、また冷ややかな視線を感じる。

そんな風に始まった。土、日が休みではない。電車は、一年中、毎日走っている。午前八時十五分に始まり、昼休みが一時間、そして午後四時十五分に終わる。残業はない。時間重視の国鉄の風土がここにも生きている。清掃グループは、全掃、日常掃、外掃1、外掃2、特掃と、五つに分かれている。仕事はローテーションで回る。その日の作業が終わると、全員集合。ひと言、ふた言、本日の作業の評価がある。そして、我先にと争うように帰る。すごいスピードで「こんなところにはいたくない」と背中に書いてあるように、スタスタと作業服を脱ぎ、着替え、事務所を後にする。速い。速い。

もうひとつ、そんな動きの中で大切なことがある。明日の予定作業の交番表の確認であり、このチェックは誰も忘れない。明日は、どんな作業で、誰と組むか、これが気になる点だ。自分好みの予定を確認出来た時は、ホッとする。厭な作業で、嫌いな奴と組まされる予定だと、途端に気分が重くなる。それでも、午後四時十五分で終了し、ロッカーで作業服を脱ぎ着替えるひとときは、快感だった。

お・わ・り。明日、休み。

帰宅前に、田所オフィスに寄り、少々の雑務をこなし、すべて終了。後はアルコールが待っている。それ以上、それ以下はない日常であった。

そして、休日は、田所オフィスでまとまったコピーを書く。アパレル中心のカタログのため、コピー量は少なく、資料もあるのでワリとラクだった。時間がかかるのは校正。

キャッチ、コピー、商品名、スペック、サイズ表、価格、画像……細部にわたり、時間をたっぷりかけた。

そして、いつも取り憑いて離れないバクテリアのようなものがある。「校正ミス」……。この恐怖は、F社時代以上だった。なぜなら、新F社は、れっきとしたクライアントであり、田所オフィスの責任は重かった。もちろん、新F社内でも校正はするが……この信頼性は心もとなく、真一は、その精度を心配していた。また、真一も五十七歳にもなるので、己の力量の衰えも感じてくる。さらに、PCのデータに関して疑惑と不安を合わせ持っていた。訂正した箇所が元に戻ってしまうという珍現象が、稀に起こる。写植時代には考えられないことだが、PCに縁がなく（TSI社時代のS印刷はPC制作のレベルが高かったので、不安はなかった）、ましてや、PC音痴のアナログ人間の真一には、正体不明の恐怖感ばかりが増し深くなった。もちろん、お手伝い、アルバイトの身であるから、責任は軽減されてはいるが、真一の性格上、その感はない。まともに来る。「校正ミス」……。これさえなければ、楽しくて、うれしくて、この上ない仕事なのだが。

（今日は大丈夫だろうか？）

出勤した日は、田所デザインオフィスを後にするまで、底流し、うごめいている不安という生物が巣くっているような気がする。

そして、いざ、「校正ミス」発生！　その場合、新F社の担当の大林氏から、真一を名指して電話が来る。真一は、まずは、声にならない。全身硬直。事務所内、特に社長の田所に伝えることが、真一の役割だった。「アルバイトの身の上」なのに、である。電話に聞き耳を立てている田所はもちろん、「校正ミス」を極端に嫌う。

「なぜ！　原因は！　担当は！」

田所の金切り声が事務所中に響く。（たまらんなあ）。原因追究は、一日中かかる場合がある。（今日の作業が遅れてしまう。それも気になる）。

そして、新F社の大林氏に回答をしなければならない。その役割もアルバイトの真一だった。（いつの間に？）。仕方がないのかもしれない。当時は、田所社長とデザイナーの深野、そしてアルバイトの直子さんと朝子さんと真一の五人態勢である。そして、新F社の仕事は、主にこのアルバイトの三人だけで動かしていた。田所も深野も他人事のようだった。この場は、真一だろう。誰も、動こうとはしない。

（こんなのでいいのかなあ？）と、真一は、不満だった。

新F社専属という有利な立場にある田所デザインオフィスは、制作料は安いが、仕事量が多い。（とても、いいことだ）……。

直子さんと朝子さんは、PCに精通している。校了になった制作物はデータとカンプをセットし、注意書きを添えて、東京のD印刷に送る。その一連の作業を直子さんと朝子さんが準備する。真一に比べれば手際が良い。毎日、毎日、宅配便の兄さんが、夕方、事務所に顔を出し預かって行く。

しかし、一日の仕事はこれで終わりではない。真一は、新F社の大林氏の来社を待たねばならなかった。次の企画を持ってくる。また、本日終了した企画の校了紙を渡さねばならない。これも、変だ。真一は、こちらから、お客様の元へ、企画を戴きに行き、また、校了紙もお届けする、これが筋だろうと思っていた。しかし、大林氏が仕事を終え、帰る際に立ち寄るという流れだ。二時間ほど、間が空き、真一は退社することが出来ない。しかも、当日、立ち寄るか、寄らないかは、大林氏次第で、こちらから確認することは、なぜだか判らないが、田所が禁じていた。八時を十分過ぎる。来ない。

「来ないようなので帰りましょうか」と、田所のひと言の後に退社する。

「変だよ。お客様がお届けになるなんて」と、田所が不在の時に深野に問い詰めたことがある。「そうですよね」と、曖昧な笑みを浮かべた深野は、他人事だ。思えばこの男は、F社時代から、こういう態度だった。

「直子さん。校了。データ頼む」

さっさと出来上がる。直子さんはカンプを出力し確認、荷造りと手際よくこなす。真一

がモタモタしていると、朝子さんが、

「私がやるから、真さんは、そっちに行っといて！」

と、ややきつい言葉で言い（言った本人には、きついという認識はない）、真一の横でさっさと残った資料を猛烈なスピードで整理し、

「はい。どうぞ。真さん」

と、すっきり顔でニコッと笑う。

（うむ。女性は仕事が出来る！）と実感した真一は、この女性ふたりには、出社するたびに深く感謝している。F社時代から能力はあった。こうして、真一と直子さんと朝子さんはまとまった。外注デザイナーの管理も真一をトップにして、三人で動かす。

期日厳守が真一の原則だった。これを守らないと、F社の悪夢時代に戻ってしまう。それでも、気楽だった。アルバイトというモラトリアム的な気分は、真一に適していた。正社員、勤めのレベルになると、途端に気分が重くなる。電鉄整備会社も契約社員の身分である。新前橋駅の北口と南口にそれぞれの「仕事場」があり、適度にこなすことが出来た。まあまあ、良いポジションだ……今の自分にとっては、それ以上の立ち位置は、眼中になかったのである。田所デザインオフィスからの収入は、まあ、月に三万円から五万円ほどになったが、ふたつ合わせると、まあまあかな。これで、今まで手が出なかった「漬物の

素」も買えるかな？　しかし、相変わらず暮らし向きはガタピシとしていた。将来を描くのが怖いのである。一体、どうなるのだろう？

「暮らしは低く、志は高く」……ワーズ・ワースの詩は教えている。決して、志は高くはなかったが、出世欲や嘘や虚栄心のない暮らしは、秋子と共感出来たし、また、三人の息子たちも、それで「平気」に自分の道を拓いて行った。ここは、真一が家族に深く深く感謝しているところである。

そして、この年、研人が、N大二高時代に良きコーチに巡り合い、猛連と熱い言葉を受け鍛え上げられた、芯の通った「根性」で、一部上場の企業に就職していた。

そして今夜も、仏壇に小さな灯りを点し、じっと見ている真一の姿があった。もう、かれこれ五年ほど続いている。

五十七歳になる夏が来た。電鉄整備会社の洗浄台でのひと休み。汗をたっぷりかいて、Tシャツ一枚で座り込み煙草をいっぷく。この上ない快感であった。肉体に、汗。お天道様の下での仕事が、これほどさっぱりとして、気分がスカッとするものとは、真一には、味わったことのない新鮮な新体験であった。

何十本もある引き込み線路、洗浄台が五本伸びている。この広大な車輌センターの上に広がる空は格別だった。また「異世界」を味わう。その空にすっぽりと覆われて、世間一般とは完全に遮断されている。そう、あの無窮の夏空が高く広がって、車輌センターの夏は、静寂としている。真一は、新前橋駅の方に視線を向けた。乗客がうろうろしている。電車を待っている。目的地に行く用事のある人間。そう、あれが現実の世の中だ。であるとしたら、洗浄台で、いっぷくしている俺たちは、何なんだろう?

「ここは、まるで刑務所だな」

変人の宮口がズバリと言った。なるほど、真一は、同感した。

「真さん。俺たちは刑務所に入っているようだな。あそこの門を入って、ホイっと塀の中だ。へへへ」

真一は、なるほどと思った。

北を見ると、三国の山から遥か一万メートルはあろうかという高みにまで達する入道雲が真っ白だ。この炎天下、今日の作業は、外掃2の通称、「ツラ洗い」という、電車前面と後面の「ツラ」を洗う作業だ。Tシャツ一枚で電車の「ツラ」に水をぶっかける。そして、長いブラシで擦る。洗浄液をぶっかける。それ、ごしごし、ごしごし。ざぶーんと、また水をぶっかける。電車の「ツラ」がさっぱりときれいに光る。真一は、この外掃2の仕事が、一番好きだった。何しろ、相棒のリーダーとふたりだけの作業である。加えて、こちらは新米なので、四本の洗浄台に時間別に入線して来る電車を洗う順番は、リーダーが指示をしてくれる。気楽だ。洗浄液のはいったポリバケツと大ブラシをかついで、ひょこひょこと、あっちの番線、こっちの番線と移り渡り、一日で十本ほどの電車を洗って、はい、終了。

「よくやった。完璧だ」と、宮口が自画自賛する。喋り終わった後に、ニッと笑うのが、この男の癖だった。真一は、同年代のこの宮口という男が好きだった。

今日の仕事を、神様が天上から見ていた気がする……。

もちろん、こういう気楽な日ばかりではない。

「真さん。夜勤をやんないかい？　日勤だけじゃあのう。給料が安いやい」と、日焼けした顔の副所長が言った。

「ああ。夜勤。朝までてでしょうか？」

「いやいや。夕方六時から午前二時までだい」

真一は、厭だな、と思った。日勤で終わり、夕方、田所デザインオフィスに顔を出し、仕事があればちょこちょこっとこなし、帰宅後、ゆっくりとアルコール。という日常が定着してきているところだった。

「一緒に入った加部さんは、どうなんですか？」

「あれ、聞いてなかったんかい。加部さんは、中之条駅の日勤に異動するんさ。ウチがアッチだからさ」

「ああそうですかー。一緒だったらなあ」

真一は、加部さんという、同月同日に入った年上の方に一目置いていた。実に紳士然としていて、オシャレで、会話にも機知が感じられる。以前は、北海道にいて、詳しくは聞いていないが、何かの縁で群馬県に移り、ゴルフ場の支配人として長く勤めていたという。うん。ゴルフ場の支配人に似合いそうな気がする。

「まあ、ちょっと考えておいてくんない。二、三万円上がるからさ」

副所長は、さっさと決まったものだと思うフシである。

断れまい。この弱気は、真一に付いて回る。帰宅後、秋子に打ち明け、答えを待った。

「夜勤？　イヤだな。カラダ、壊すよ」

「そうだよなあ。でも、日勤だけで済まされている人、国鉄あがりで威張っている年寄りが二、三人しかいないし。後は、皆、日勤夜勤」と、相変わらず真一は優柔不断の域にいる。

「いいじゃない。日勤と田所デザインだけで、充分よ」

秋子は、こういう状況になると、ズバリ、はっきりした性格になる。自信さえ、感じられる。一方の真一は、板挟み状態に陥った。また、決められない性格で悩み、身体が硬直するような緊張感が、頭のてっぺんから真一を覆う。

「ああー。イヤんなっちゃうよ。日勤のままでいいのにさ」

「ズバリ、断ったら」

当人ばかりが悩む。そして、最終的には、不承不承、受け入れる結果となる。真一は、この夜、酒量が増えた。明日の朝は、ぼってりした倦怠感と重苦しい頭痛で目覚めることになるだろう。またか。真さん、よう。そもそも何十年も、決まったことを、変わらずに続けている「世間のひと」の努力と誠実さが、真一には、ない。


しじまという音がする。静寂という音がする。しん、とした音がする。

午後十一時。電車車輌センターは、深夜の丸い空に、すっぽりと覆われている。虫の声がする。こんな線路と、ごつごつとした石ころだらけの操車場にも、秋の虫は眠らずにいる。

事務所の前のベンチに腰をおろし、真一は、井出さんとぼんやりと操車場の遥か奥の方に目を向けていた。洗浄台を照らす灯りが、洗浄台に沿って数限りなく続き、西の闇の向こうで、すうーっと消えている。

「五十歳で、倒産さ」。真一は、自己退社にはふれずに、F社倒産のせいにした。ここに集うもの、諸所に事情がある。

「俺は、クレジット会社の営業で、駄目で、リストラ」と、井出さん。

レールが、夜目にも冷ややかに光って見える。それも錯綜し、数えきれない引き込み線が交わり、離れ、やがて奥に消えて行く。その果ては。

まるで、真一の人生のようだ。否、人生などと偉そうな言葉にふさわしくない、生き様と言うしかない来し方行く末である。

こういう会話の時に必ず出てくる結末が、「まあ。食べて行ければね」と言うものだ。今夜も、そう言い合い笑うだろう。

しかし、この夜の真一は、違った。決して、その常套句では、「今後」を括りたくなかった。そういう結末の繰り返しで何年もやってきたが、この世界で「本当」のこととは、そういうまとめかたでは、まとめ切れない、違うところに「本質」が、ある。

掌を眺めてみる。掌の内にあるもので、「食う」。「好き」なスキルで暮らしを立て直す。その結果、かろうじてでもよい、食べて行けたらと、この夜の真一は、思い、何かが見えた気がした。

十万円は、どう稼いでも十万円だが、稼ぎ方によっては違う十万円になる。「本当の十万円」というものが、ある、と思う。

ところで、この職場の夜勤は、変だ。まず、最初に古い１０７系の短い四輌編成を、さっと五人で、モップで床を磨き、十五分間で終了。なんと、この後、夕飯タイムになる。なんと、一時間半。これでは、夜勤は、まず、夕飯を喰うことから始まる、と言ってよい。夜勤の内容は、日常掃という、いわば、家庭での毎日の掃除程度の軽作業で、決められた六本ほどの電車をこなせば、済み。日によっては臨時の電車の清掃が加わることもあるが稀だ。所長も副所長も退社した後で人員は六人と少なく、ガラーンとしている。つまり、休み時間がたっぷりとある。作業時間の三倍くらいの休み時間、いや、正確には待機時間がある。

次の電車の入線時間は、決まっていて、十分前になると事務所を出て洗浄台に向かい、待つ。電車によって洗浄台も変わる。そして、基本的には一名が一車輌を担当し、さっさと終わる。とぼとぼ、事務所に帰り、一時間後に来る次の電車を待つ。

その間の過ごし方は、様々である。長椅子に寝そべっている者。居眠りしている者。電車内で拾った新聞や雑誌を読む者。じっと腕組みをして前方を睨んでいるヤツ。外をうろつき演歌を口ずさんでいる者。また、ベンチに腰かけて無駄話をしている輩。金属バットを取り出し、素振りをしてチカラ自慢をする者。パチンコの儲け話を自慢する者。独り言をバカみたいに呟く者。思い出し笑いをする者。突然、怒鳴り出す者。

こういう世界も、世の中には、ちゃんとあるのだ。

113系、211系、古い特急（昔の浅間）、いかにも頑丈そうなかつて湘南を走っていた115系、そして午前一時半に最新のE233系が鋭い、キューンという音をさせて入ってくる。これは十輌編成で長い。全員で最終車輌から前方に向かって、モップを引きずりながら歩き、床の汚れをちょっと拭く。平日はラクだが、週末に当たると運悪く、嘔吐物がある。これが、困りもの。洗浄台の各所に水道があるので、さっさと流して、一丁上がり。

「おーい。おわり。余計なことするナ！　お・わ・り」

この後が、皆、素早い。作業服を着替えずに帰る者もいる。上着だけ着替えて帰るヤツもいる。真一は、時間をかけて全部着替えて、終了の感をじっくりと味わい、午前二時過ぎの道を、星明りに照らされて、駐車場へと向かう。この、お・わ・りの気持ちが、またイイ。ましてや、明日がというか、正確には、今日であるが、休日と決まっていると、秋の透明な夜空を眺めながら、幸福感さへ持ってしまう。

いろいろ、ある……。

午後十時過ぎの、ある夜のベンチでのことである。笹野という爺さんと話が弾んだ。どうやら、家具の製造会社で専務の立場にあったが、斜陽になってしまい、部下を数人引き連れて、この電鉄整備会社に職を求めに来たという噂の男だ。育ちの良さが、顔立ちや言葉の端々にある。

「おい。ここで長くやって行こうと思ったら、ちゃんと仕事を正確に誠実に覚えたほうがいいよ。いや、ほ・ん・と・う・に」と、笹野さん。

真一は、見抜かれていた。腰掛的な様子が見えたに違いない。

「おい。こんな仕事だって、あることを諦めたら、これはこれでいいもんだ。悟りに近い気分になる。いや、ほ・ん・と・う・に」

なんとなくだが、判る気がした。

真一は、この笹野さんという、いかにも育ちが良さそうな風貌の爺さんに親近感を覚えていた。話し始めに「おい」を付けることは、いささか気になったが、それも親しみの表われだと思っていた。なんと、F社のことも知っていて、粗悪な南洋桐製の箪笥を「桐箪笥がお買い得」と宣伝し、ヒットさせた経緯を批判した。

「おい。まったく、あんな偽物を売りやがって。いや・ほ・ん・と・う・に」

東京の下町風の喋り方は憎めなかった。

新前橋駅のホームには、午後十一時頃になると、人がほとんどいなくなった。白々とした灯りが、いかにも地方の小駅らしく、星空の下は、間もなく最終電車が高崎方面から来て停まる。

その時である。「重さ」が来た。天空から圧迫してくるものがある。夜と言う空気には、「重さ」があるのだ。隣に座っている笹野さんには判るまいが、真一は、「夜の重さ」を初めて発見した。

洗浄台に沿って並ぶ灯りの列が遠く西の闇へと消え、秋の夜は、しんしんと更けて行く。

真一は、この日、この夜、なぜ、ここにいるのか？

「これから、どうなるやら？　このままで行くと、俺は？」

どこか、他の場所は、なかったか？　下界で、深夜、途方に暮れているひとりの貧しい男を、天界から神様が眺めていた。

## 第十五章

# また、ここより次の場所へ

年が明け、真っ青な空に、風も穏やかな元旦。真一は日勤で「外掃2」。まだ若い春山と組んだ。昨夜、たっぷり降った雪が、朝の光に輝き眩しい。澄んだ冷気が年の始めにふさわしい。「ツラ洗い」で、電車の雪に冷水をぶっかけて流し落とすことから始まる。

今夜は、酒盛りだ。徒歩三分の距離にある秋子の実家で、新年の挨拶。義母の正月料理と、義父と義弟との呑みが楽しみだ。朝から呑みたいと思ったが、電車に正月はない。元旦も出勤の真一である。冷てー。けれども、晴ればれとした気分で、いっぱいだ。

ただ、その頃のことである。仲間内に、ある噂がたっていた。(そろそろ、真一にも外掃1の業務が回って来そうだと)。真一は、この外掃1だけは、イヤだった。入社後一年ほど経ち、夜勤にも慣れ、ひととおりの業務もこなし、真一レベルの社員に残された業務がこの外掃1なのだ。

その業務とは？　聞いている限りでは、電車の自動洗浄機の脇にいて、電車が来たら、スイッチを押す。多量の水が吹き出し、巨大なブラッシングの中を電車が徐行して通り抜ける。電車の両側面の汚れは、洗剤で泡まみれになり、シャワーとともに、きれいになる。

これが、この仕事の半分。問題は、残された後の半分の仕事内容である。真一にとって、いや、おそらく十人中八人の確率で、この仕事だけは、敬遠するに違いない。その仕事とは……？　洗浄台の下にこもり、電車の入線を待つ。着いたら、用意してある図太いホースを持って電車の底部の特定の部分に接着させる。そして、一気に吸い取る。何を？　電車には、必ず付いているもの。また、人間界で最重要なもの。ト・イ・レである。そう、たっぷりと溜まった、排尿・排便を吸い取る。瞬間、異臭が爆発する、と聞いている。ある者は、それを自分の頭から浴びて、糞まみれになったことがあると聞いた。

不安感の強い真一は、いつか自分の通る道であることに震えた。

これが、現実となると、どうだろう？　そのものの臭いが、身体じゅうにこびり付き、取れなくなり、やがて本人の体臭そのものになってしまうのだ。ここまで来て、この職場では、「一人前」と認められる。

さて。どうだろう？　真一は？　ええ？　真さん、どうする？

きれいごとだけでは、世は進まぬ。

「やめた」と、真一は、成長していない特有のわがままに流された。

こういう、駄目なところが、真一の人生の節々に現れる。自ら壁を作ってしまう性癖は、幼少時代から変わらない。それがために、「真一の今」があり、まがうことなく、今のこの「立ち位置」にいる。

ある日、副所長が、真一の目を覗き込むようにして漏らした。

「真さんも、そろそろ外掃1でいいだんべ」

ついに来たか！　と、間をおかず横から所長が、真一に別件について、口を出した。

「真さん。高崎の駅ビル管理に行って貰えないかい？　最初は、見習い程度で、いずれボイラーの資格を取れば、こんなところにいるよりましな収入になるよ」

「えぇー！　ビル管理？　ボイラー！」

これは、またまた、異世界。それも、すっ飛んでいる。

こうして、真一は、高崎駅ビルに異動となった。

「あそこは、地獄だぜ。ひぇ、ひぇ、ひぇ」

そう、聞いていた。駅ビルの地下室に事務所があり、国鉄上がりの年寄が、いきなり、睨みつけてきた。

ビルの内側、裏側は、機械仕掛けのジャングルだった。

一か月で、真一は音を上げた。

そして、また、新前橋の操車場に呼び戻された真一がいた。千明が三年生になる春だった。

その頃、真一には、ある考えと、確信めいたものがあった。

数日後、田所の事務所で真一は、自分のデスクに座り、隣席の朝子さんに告げた。隣室にいる田所にも聞こえるような大声である。これは、ぜひ聞こえねばならぬ。

「俺、電鉄整備会社、辞めるよ」と、真一。

朝子さんが、目を大きく見開いた。

「で、どうするの？　次のアテはあるの？」

真一が、朝子さんの質問に答えようとするのを断ち切るように、真一のもとに、田所が慌てて近づいてきた。

「真さん。うちの正社員になってくれます？」

やはり、思った通りだ。

真一は、予期していた。なぜなら、新F社の販売拡大とともに、制作依頼が増し、真一も、電鉄整備会社と田所デザインオフィスの掛けもちで、休日はほとんどなかったほどになっていた。体重も、半年で十キログラムほど、減っている。

「制作」というもの。また、巡ってきた、「稼業」。

東京での春休みのアルバイト時代に、蔵前の歯医者の息子に言われた言葉を、真一は噛みしめている。

「真さん。最初に就いた仕事というものは、一生、尾を引くよ」

下町の遊び人の鋭い洞察であった。遊びまわった美大卒のその友も、既に若くして他界していた。青年、真一の感性に強烈なインパクトを与えた友人であった。

そして、ついにこの日、「制作稼業」に戻ってきた真一がいた。

しかし、真一は、田所への即答は敢えて避けた。なぜなら、この事務所は、田所の「個性」があまりにも強く、それは、真一の性格とは相反するものだったからだ。Ｆ社時代には、それがため、当時、真一と衝突を幾度となく繰り返した田所だった。

あの当時、Ｆ社に中途採用された真一が、田所を中途採用して……、さらに三十年ほど経って、今度は、田所が真一を中途採用するという、なんとも奇妙きてれつな話となった。五十七歳。月給二十万円。ボーナスは、年二か月。社会保険付き。午前十時始業で十八時半終業。おそらく、こんなものなのだろう。

真一は、この夏、五十八歳になる。千明が大三年。秋子も千明の卒業までは、パートで働くと言っている。

「低値安定、小じっかり」だが、行ける！　真一の家計が定まりそうだ。

田所社長、深野デザイナーが四十八歳。そして、真一が五十八歳。この三人が正社員。そして直子さんが四十八歳、朝子さんが四十七歳でパート待遇。この五人体制で、事務所は、また、動き始めた。高年齢である。Ｆ社の、真一の部下であった初期のメンバーでもある。

真一は、田所に感謝の念を持った。拾ってもらったのである。ましてや、「制作」一本で、険しいながら生計が立てられる。真一の血と肉に内在化された、あるものが動き始めた。
「制作」一本で喰う「通販ライター」、阿川真一が完成した。

新F社の制作物は、真一と直子さんと朝子さんがまとめ、デザイン・オペレーターは、外注の五社ほどを使って制作した。

そして、この二年間ほどで、新F社の制作依頼は三倍に増えていた。真一が誘われた真意は、そこにある。手が足りないのだ。さらに言えば、新F社の制作のまとめ役を真一に任せたかったたという狙いが見て取れた。田所と深野は、新F社の親会社であるB社の強烈な仕事に忙殺されていた。このB社専門の外注もいて、新F社の外注とは、ほぼ分けられていた。おそらく、この規模の事務所で、この仕事量は、県内でも随一であったと思う。ナンヤカンヤあったが、タイシタモンダと思う。

PCも扱えないで、この仕事に就けた真一は、まったくのところ幸運であった。ここは、グラフィックのデザイン事務所である。しかし、デザイナーなら外注を使えばいい。社内に置くと負担になる。F社は、人員の負担超過で崩れた。

ディレクションとコピーが書ける真一と、PCでデータ処理が出来る直子さんと朝子さんが社内にいれば、後は、外注先に丸投げでOK！

新前橋駅から徒歩五分の五階建てで、古くて細くて小さなビルの三階に事務所はあった。入口のドアに「田所デザインオフィス」と書かれた紙製の看板が、頼りなかった。

まず、真一がその日の一番に出社し、窓を開け朝の風を入れ、ささっと掃除し、各自のゴミ籠からゴミを集め、近くのゴミ置き場に持って行く。始業前に、これをやるのが、この事務所の真一の役割だ。田所に指示されたわけではない。新入りとはそういうものだ、と真一が思い、始めた行動である。年齢ではない。真一は新入りの社員の身分だ。続いて深野が出社し、「ああ、真さんすみません。やってくれたんですね。」とひと言。なにやら、うすっぺらな照れ笑いをする。そして、田所がくわえ煙草で、朝から、いかにも不機嫌そうにドアを開け出社する。「おはようございます。」の朝の挨拶は、真一だけで、田所と深野は沈黙のままである。変な感じ。挨拶なしか、もしくは出来ないのだろう。

まことに、このフロアの空気は重く、気分は、朝からヨロシクない。しかし、まあ、真一は、ヤトワレノ身。ましてや、かつての部下に救われているという、動かしがたい現実がある。真一は、五十八歳のオトナの肚を決めて、事務所内で、極力、田所との接点を避けた。

田所は、いつも不満気で不機嫌で、怒りを秘めているようだった。多くは、新F社の親会社であるB社に牛耳られているところに原因があった。そして、田所デザインオフィスの仕事は、当初、十割が、B社と新F社の二社に占められていた。と言うことは、B社に特別に指定された、いわゆる子会社の立場、同然であった。己の営業力ではない。B社の言いなりに徹することが唯一の生きる道だった。

この点は、恵まれていた、稀な事務所でもあった。予め、仕事はあったからである。真一が、数年前、ひとりで自営していた立場とは異なり、仕事のレールは既に敷かれていた。しかし、B社の要望には、百パーセント、逆らえなかった。たとえ、それがまったく理不尽でも、である。

もうひとつ、田所は、独身であった。蓄えてきた財力を全部注いでもOK、の立場にあった。さらに言えば彼に、この道以外の選択はなかったに違いない。

良いではないか。ラッキーではないか。まるで、果てしなく連結している貨物列車のように、毎月毎日、一輌一輌、貨車が来て停まり、荷（仕事）を、田所デザインオフィスに降ろし、制作が終わったら、東京のD印刷にデータを送り、請求書をB社に送り、そして、毎月、貨物列車が来て停まり、制作費という、ありがたい荷物を降ろしてゆく。これが、確約されている。夢のような話ではないか。

ある日、あるコンプライアンス、に触れた。新F社の季節号は、新春号、春号、初夏号、夏号、秋号、冬号と、年間六冊発行される。新商品の画像データはB社から支給され、当時、新たな商品撮影は、ほとんどなかった。田所デザインオフィスでは、来たデータで組立て、コピーライトし、スペックをクライアント用に変え、三十六ページほどの制作で完了していた。アパレルの色合わせも既に完了しているファイナルデーターであったため、問題はなかった。

しかし、事態は一変してしまった。これは、面倒なことになった。真一が社員として入社後、一年ほど経った頃である。そのコンプライアンスに触れ、B社のデータ支給はストップとなった。改めて田所デザインオフィスが、新F社で販売するサンプルを全商品、スタジオK美社で撮影し直すという羽目になった。

当り前のことである。媒体が異なれば、同一データは使えない。

真一は、これから始まる制作工程の煩雑さを思った。モデル撮り、商品撮り、サンプルとの色合わせ……。こういう心配性が、真一の悪い癖である。新F社の仕事の担当になっているとはいえ、状況が百八十度、変ってしまったのである。B社、新F社が関係する、大がかりな仕事の変換である。ここは、田所の出番であり、指示を待つのが真一の立場であるはずである。

真一から進言する内容ではなかった事案である。

「田所さん。撮影が必要になりました」と、真一は耐えられなくなり問いかけた。

「判っています」と、ひと言だけの田所。

その頃、次の季節号が目前に迫っていた。

ただし、今回のスケジュールでは、来週から撮影に入らないと間に合わないように思えた。田所も判っていたはずである。真一は、焦った。何しろ、これほどのボリュームの商品撮影は、真一は初めてのことである。F社時代は若いスタッフがわんさといて、真一は、撮影現場にはノータッチでも仕事は進んだ。まして、モデル撮影も必要となる。これも、当時はスタッフ任せで済んだ。

さあ、今回はどうすればいい？　真一にとって自分でコントロールするのは、初めての業務となる。

真一は、田所の指示を待った。直子さんと朝子さんも黙りこみ、悩み顔で、真一に眼で問いかけた。

二日ほど、過ぎても、田所は無言であった。新F社からも、なんの連絡もなかった。三日が過ぎても、同じだった。余裕がないのは誰でも判る。

もう一人の深野に聞いた。

「さあ。私には、なんとも」と、相変わらず、深野は他人事である。

これが、万事、この事務所独特の文化であり、空気である。

田所は焦らない。一見、たいしたものである。

真一は焦っている。当然ではないか。決定後は、真一たち三人に任されるからだ。今はただ、待つことで耐えていた。その週末の金曜日の午後六時半、終業間際のことである。

唐突に、「撮影の件は、スタジオK美社には、連絡済みです」と、田所のひと言。

え？　一体、何を連絡し、どういう内容を詰めたというのだろうか？　今頃になって、何だよ。遅すぎるではないか。

K美社は、F社時代からの取引があった県内随一の規模を持つ撮影スタジオである。制作部隊もいて、田所デザインオフィスからも、真一が担当している新F社の制作物と、田所と深野が担当しているB社の制作物の両方とも依頼している。ただ、撮影に関しては、田所と深野が、B社の膨大な撮影で、大きな規模で関係しているだけで、新F社の撮影は、僅かな商品撮りが、年に数回ほどあったにすぎない。

田所からは、そのひと言だけで、次の指示はなかった。

おかしいではないか？　真一は、その後、どう動けばよいのだろう？

「後は、俺任せ、ですか？」と、真一は詰問した。

「あたりまえです」と、田所のひと言。

そして、直子さんと朝子さんの不満顔があった。真一は、(またか！　想像していたとはいえ。またか！)と、田所の性癖を、改めて確認せざるを得なかった。この、ヤリクチは、田所の得意技である。この一年ほどで、問題が発生する度に、「あたりまえです」を聞いた。

しかし、腹立たしいが、真一は止まってはいられない立場にある。

まず、D印刷に、今号から、撮影発生。モデル撮り、商品撮り、色合わせありの条件入りスケジュール出しを、週明けの火曜日までに回答を依頼した。週末で連絡が取れず、とりあえずその旨のFAXを送付。D印刷の担当の携帯電話もコール音ばかりで繋がらない。まったく、週末を恨んだ。このタイミングでの指示出しは、田所のねらいか？

次に、K美社のカメラマンの山澤氏に連絡。撮影中で連絡が取れず。終了後の連絡待ちを伝言。アア、アア、ウマクイカンナァ！　しばらくして、新F社の大林氏が来社。早速、撮影の件で相談を持ちかける。真一の焦りを、知ってか知らぬか、答えはこうである。

「ああ。お任せします」と、大林氏。これも、このひと言だけ。

商品サンプルの有無、モデルの選定、打ち合わせの日程……等々。相談事項は、たっぷりあるはずだ。あんたも知っているだろう！

「まあ、週明けにしましょう。今、焦ってもしょうがない。」と、大林氏。

週末の金曜日の夜は、大林氏にとってはリラックスタイム。仕事は、エンドで、気分が良さそうだ。「ドイツモコイツモ」。真一は舌打ちした。

「真さん、来週にしてください！」と、きつい口調で田所が隣室から怒鳴った。

そうはいかぬ。責任は、真一に投げられているではないか。とりあえず直子さんと朝子さんには目配せして退社させた。

堪えきれぬ思いで休日を過ごした真一は、およその「段取り」を思い巡らしてみた。まず「整理」である。これまでと異なることは、撮影が加わったことと、サンプルの色合わせとの二点に尽きる。後は、従来の流れで行けるはずである。ただ、モデル撮影は、真一には初めてのことであり、これを乗り越えねばならぬ。ふと、朝子さんの顔が浮かんだ。そういえば、朝子さんはF社時代に、K美社を撮影で使い、体験済みだ。直子さんはどうだったろう？　アパレルを始める前に出産、育児で、F社を退職していたのではなかったろうか？

まあ、優秀な二人の女性がいる。当時、真一の最初の部下になった二人である。心強さが湧いてきて、休日中の仕事は終了。これで、落ち着いて、お酒が飲める。それにしても……タイヘンだ。

週が明けた。早速、直子さんと朝子さんを集めて作戦会議。状況は、二人とも把握してくれていたので、ラッキーだ。その日の午後には、D印刷からのスケジュールが届いた。確認してみる。初回データ送りまでには二週間しか日程がない。アカン。撮影は上がっても制作期間がゼロになってしまう。一週間はプラスしてほしい。要望を入れて、再スケジュールの要請をD印刷へ送る。さて、次は、K美社との撮影予定の確認だ。

「商品サンプルの揃い具合。モデルの候補。とりあえず、この二点を新F社様に確認してください」と、K美社の山澤カメラマンから連絡が来た。

ただちに、新F社の大林氏に電話で確認する真一。

「大林さん。撮影の件ですが」

「ああ。お任せしますよ」と、大林氏。……それでは、困る。

「商品サンプルの揃い具合はどうですか？　そして、モデルの選定ですが、こちらから、コンポジを送りますから、お好みの方を選んでください。レディースとメンズ送ります。明日、連絡下さい」と、真一がせかす。

なにしろ時間がないのだ。こちらから仕掛けないと、新F社は動かない。今までのつき合いで、たっぷりと味わっている。

「担当に確認しますね。それにしても、そんなに急ぎなのですか？」と、相変わらず焦りのない大林氏。彼は熟知しているはずだ。F社時代もデザイナーのひとりで、撮影には参加していたはずである。

午後三時ごろ、D印刷から二度目のスケジュール表が届いた。複雑である。何が？　商品の色合わせという作業が、二度入る。しかし、何とか、プラス一週間は確保出来たが、日程は、ハードであった。同じスケジュール表を新F社の大林氏宛にも送っておくように指示した。情報は共有しなければならぬ。これを怠ると、後々、面倒なことになるのは身に染みている真一だった。さて、次はどう動けば良いのだろう？

「真さん。撮影の事前打ち合わせ、何時？」と、朝子さん。

「スタイリストは、富山が担当します」とK美社から連絡。

まず、今回は秋号。アパレルには、売上アップの期待がかかるシーズンである。新F社の開発担当の出方を、じっくりとうかがうことになるだろう。ただし、レディースの開発担当者が男性で、どこまで突っ込んだ話し合いが出来るだろうか？　真一は一瞬、逡巡した。こんな時、頼りになるのが直子さんと朝子さんだ。さすがである。

「大丈夫。レディースは、実際は、高野さんが見ているから」と、ふたり。

そうか、そうだった。レディース、メンズ、ハードと開発担当者は分かれてはいるが、総元締め役には高野氏というプロがいた。一部上場のあるアパレルメーカーを辞め、F社に居場所を求めてきたプロ中のプロである。おそらく、全開発に責任を持っているはずだ。

爽やかでソフトで、理系出身だけあって合理的思考法を持っている。

そして、この時から二、三年後、新F社は一人の若い女性に救われることになる。頭のてっぺんからレディースアパレルに精通し、センスよく、表現力に長け、交渉力もある。さらにまっ白で純な性格の矢辺さんという女性が入社することを、まだ誰も知らなかった。

「まず、今回の新商品に当たろう」と、真一。

何がどうなっているかは、そこからスタートである。次に全体のページネーション。全貌の把握をせねばならぬ。

「真さん。スケジュール出来ました？」と、突然、田所が訊いてきた。今さら、何だ。

「いや、未だ。事前打ち合わせ、モデル、撮影日が決まってない。D印刷からのスケジュールは来ているけれど」と、真一。

「間に合うんですか？」と、田所。信じられないくらい、相変わらず他人事である。

おい！　あんたから話を聞いたのが先週の金曜日の夜。今日は、まだ明けて月曜日の夕刻だよ。あんたの性格、問題ネ！　どの口で言っているんだよ！

真一は、投げ出したい気分に襲われた。しかし、ここは、我慢、我慢、オ・ト・ナを自覚しよう。お互いに、立場がある。真一は、田所を無視し沈黙に徹した。

「水曜日なら、打ち合わせが出来ます。サンプルも八割方そろっているようです。レディースからスタートしてください」と、大林氏から連絡。真一は、胸をなでおろした。助かった。あの賢明な大林氏の手腕で新F社はまとまり、態勢が出来た。

「直子さん、朝子さん。水曜日、高崎、新F社。朝十時スタート。車は俺の一台に同乗。朝九時集合。ＯＫね！」と、真一。

田所が、何か言いたげな様子だったが、真一は、さっさと決めた。

「田所さん。今の　聞いてました？　直近の予定です。木曜日には、全スケジュールを報告しますから」

真一は、田所の出番を、あえてなくした。

田所は、相談なしで進めて行く真一に不満そうであった。仕方ない。口出しするだけで、なんの助けにもならないと真一は、読んだ。

一回目の商品打ち合わせが、まあ、こんなもんだという具合に終わる。

モデルの候補も決まり、カタログの全容もほぼ決まった。さあ、次は？　スタイリストの富山さんとカメラマンの山澤さんを入れて、商品一点一点の撮影方針を決める二回目の打ち合わせとなる。早速、その日の夕刻、Ｋ美社の山澤さんに、金曜日を要望する。

さてさて、偶然である。あの多忙なＫ美社の山澤さんも富山さんも、金曜日はＯＫだった。ラッキーだ。幸先が良い。今回、何事も上手くはこぶ、と真一は、まずは胸を撫で下ろした。

さて次は？　何を？　もっともっと重要な仕事が目前に迫っていた。モデル撮影である。まず、クライアントである新F社の担当の方の日程を確認する。さらに、K美社のスタジオの空き具合とカメラマンの山澤さんとスタイリストの富山さんの日程の確認。さらにさらに重要な、肝心のモデルさんの日程。真一は、すべてそれに従う。他の仕事より優先させても、である。今回は二名のレディースモデルを使う予定だった。翌週の水曜日がレディース。金曜日がメンズとハードの撮影日と決まった。衣装コーディネートは撮影日前日の午後、K美社で行うことになった。さあ、後はモデルさんのスケジュール次第である。何しろ、今回は、特別のさらに特別である。余裕はまったくない。

そして、レディースモデルの一名の日程が既に埋まっていた。さあ、新F社に連絡問い合わせをせねばならぬ。なんと、担当が電話中で、折りかえし待ち。ああ、待ち、かあ。面倒くさいなあ。大体、折り返しに早めの折り返しは、まず、ない。ああ、早く決めたい！そもそも、モデル撮影とは、こういうものである。クライアント、スタジオ、カメラマン、スタイリスト、そしてモデルの一致の調整。このスケジュール調整は、初めての体験であった。いや、骨が折れる。

折り返しの電話が来ないので、真一は新F社に再度電話をしてみた。すると、田所の甲高い声が聞こえた。とても、強い口調であった。

「ああ！　真さん。こっちから電話するのはやめてー！」

はて？　その真意は？　放っておいた。

「はあ？　では、撮影日、変えますか。いつなら、そのモデルさんの日程、空きますか。それを、調べて折り返し連絡下さい」と、新F社のレディース担当の田村氏。

返す言葉が出なかった。……あんたの希望のモデルの日程に合わせるということで、他がどういう状況になるか、判っているのか！　真一は怒っていた。

ということは、もうひとりのモデルの日程も再確認せねばならず、スタジオ、カメラマン、スタイリストの日程も再調整せねばならず、メンズにも影響が及ぶ。そう、ヘアーメイクの調整もある。真一の頭の中は整理不能になっていた。クライアントの都合……優先？

これは、真一の制作三十五年の体験にもなかったことだ。誰にも相談ごとにならない。日程がない。直子さんも朝子さんも今日は、既に退社している。田所にも相談しても無駄である。

スケジュール第一！　神の声が真一の脳理をかすめた。これだ！

「カタログの納品日程が遅れますが、よろしいですか？」と、真一は言い放った。

これが、解決の突破口になった。「あなたの都合ですべてが狂う」。

そもそも「責任」は避けるというサラリーマンの習性がある。この経験では豊富な真一であった。それも、他人の「責任」をも負わされたという、特にF社での苦い経験があった。それが、活きた。

スケジュールを優先するか、モデルに拘るか。答えはひとつのみである。第三のモデルが選ばれ、スケジュールが優先された。

さあ、これで手はずがととのった。スケジュールも田所に渡した。これで、日程に沿って、やるべきことをやればOK。

さて、打ち合わせの金曜日になった。直子さんと朝子さんと真一の三人は、ボリュームをアップさせたFM高崎の音量に負けず大声で、なんだかんだと、三人で車内は躍った。田所デザインオフィスと新F社との間では、初めての大がかりな撮影であり、K美社を加えた新たな仕事である。国道17号と国道18号が交わる高架線に来た時、直子さんが叫んだ。

「ええ！　なに！　あののっぽビル？」

「高崎市役所よ」と、朝子さん。

朝の陽光に、ジュラルミンのような光りを放って屹立する地下二階、地上二十一階建て、高さ百二メートル五十センチの高崎市役所は、三人に、ある種の興奮を与えた。新F社にのりこむ！　きっと、上手くゆくに違いない。幸運を！

K美社の富山さんという女性のスタイリストに、新F社がはいっているビルの入口で会って、挨拶と紹介。細身で、澄んだ瞳が印象的な、いかにもスタイリストというオシャレな分野の香りを放っている「デキル、女」、それがK美社の富山さんであった。女性三人に、この時、五十九歳になる高年の男との組み合わせ。……レディース分は、午前中に済ませて、午後のメンズ分からカメラマンの山澤さんが加わる予定になっていた。

さて、新F社からは、レディース担当の田村氏と親分の高野氏。そして、K美社の富山さんと直子さんと朝子さんと真一。以上の六名が着席。一瞬の沈黙。高野氏も無言のままである。誰か口火を切らなくてはならないだろう。何しろ、初めてのことである。真一に自ずと火が点った。ああ、俺の出番か。

F社時代の長年の経験から、閃き、すんなりと入れた。

「おはようございます。それでは、本年秋号の撮影打ち合わせをはじめます。まずは、K美社のスタイリストの富山さんをご紹介します。午後から、カメラマンの山澤さんが参加します。本日が新F社様との本格的な撮影のスタートになります。私ども三人はよくご承知でしょうから省略させて頂きます。富山さん、ひと言お願いします」

「K美社の富山です。本日はよろしくお願いします」

「さあ、始めますか。田村。商品出し」と、高野氏。

「おしゃれな秋の訪れに、この一着」

真一が、スタートの合図にひと言、発した。打ち合わせ、スタート！

上質そうなグレーのロングカーディガンが、目前に提案された、最初のサンプルであった。良い感じじゃあないか。

「この秋の期待、一番の商品です」と、高野氏。

自信と共に、なぜか少し恥かしそうでもある。ふふふ、と微笑む。まるで、自分の愛娘を紹介しているようだ。出席している六名の目が、そのロングカーディガンに注がれている。スタイリストの富山さんが、ゆっくりと腕を組み、目をくりっと動かした。何を感じ、どうコーディネートしようか、もう集中の域に入っている。真一は、素材が気になっている。直子さんと朝子さんは、何を思っているのだろう？　しばらくの沈黙があった。

「プライス、いくらだと思います？」と、高野氏が訊いてきた。

「素材は、何？」と、真一が質問を返す。

「ああ。さすがに鋭いですね。F社時代の経験ですねえ。なんだと思いますか？」と、高野氏が逆質問。

「ウールにしては軽そうだし？」と、真一。

「ええ。シルク・カシミヤ混です。手触りがソフトでしょう」と、高野氏。

「二万九千八百円」と、真一。

「なんと、いち・きゅう・ぱあです。売れるでしょう！」と、高野氏が自慢する。

「へえー。やるもんだね」と、真一が褒める。三人娘も納得している。

「インナーは、白のブラウス。ボトムはパンツかスカートか？パンツの方がスタイリッシュ。ブラックのパンツでどう？」と、富山さんが提案する。

「ハンドバッグが欲しいね。手ぶらではおかしい」と、朝子さんが声をかける。

「ハンドバッグは沢山持っているから、富山さん、コーディネートの日までには持ち込むわ。合せ小物、何でも言って」と、直子さんが手助けを入れる。

合せ小物などは、本来、スタイリストが用意するものなのだが、直子さんの入れ込みようは半端ではない。（好きなんだなあ、この仕事）と、真一は、三人娘を眺めながら感心した。と、同時に、撮影打ち合わせは初めての真一が結構のめり込み、喋りも饒舌だった。

それにしては、直接担当の田村氏からは、一声もない。

「そういえば、ウチの社長、午後、顔を出すと言ってました」と、真一が続ける。

「いいよ。来なくて」と、苦笑いしながら高野氏が、ぼそっと呟く。

「まあ。初回だから、気になるんでしょう」

「そうかなあ？　別に、いいけれど」と、高野氏は釈然としない。

直子さんと朝子さんは顔を見合わせて、首を傾げている。

「さあ。次！　とっととしないと終わらないよ」と、真一が進行させる。

こうして、レディースは午前中で終了し、後は各商品にモデルを当て込む作業が午後一からスタートの予定だ。

昼食は、高崎市役所の地下食堂でA定食を頼んだ。大変な人混みと、ボリュームたっぷりのA定食とで、疲れてしまった真一は、若くはないな、と溜息を洩らした。そういえば、千明は、ここを志願しているようだ。初夏の陽に眩しく光る高層の高崎市役所を、見上げ、合格するものかなあ？　と疑問だった。もし万が一、こんな高層ビルで働ける千明が現実化したら、オヤジの真一との差は歴然とする。変な比較であった。

真一は、ふと何かに誘われるように、高層の市役所を見上げた。ジュラルミンのような光沢を放つ、そのてっぺんのあたりだった。（何かがある）と真一の第六感が捉えた。しかし、（眩しくて見えない！）と、瞬間、頭がぐらついた。時間と空間が交錯したのだろうか？　真一は、この高崎城祉のお濠に舞う桜吹雪の中を、高校生の制服姿で寄り添って歩く真一と秋子の後ろ姿が見えたような気がした。あの時、真一の父親と偶然出会い、真一は思わず「こんにちは」と挨拶して、他人事ですれ違ったはずである。同じ場所だった。

ずいぶん、時を経た。

その日の午後の打ち合わせは、スムーズに進んだ。田所は、結局、来ると言ったが来なかった。

真一は、モデル撮影を含めた初めての本格的な撮影打ち合わせを取り仕切り、無事に終了したことに満ちたりた気分であった。

まるで、クルーザーは、余裕のエンジン音で、軽快なスクリュー音を残し、心地よいスピード感で海上をすべりはじめたようだ。帰路の車中での真一の気分である。FM高崎が、これから訪れる季節への呼びかけだろうか、サルサ風の曲を流し始めている。車が高架に達した時、西に浅間山が秀麗なシルエットを描いていた。茜雲、夕焼け雲。あの下に軽井沢の高原と信州の高地が広がっている。この夏、車を飛ばして遊びたい！


そして、モデル撮影の日が来た。フレッシュな緊張感で真一は、K美社の駐車場にいた。まず、タ・バ・コ。クールなメンソールの香りの真一好みの一本だ。スタジオは、禁煙。しばらくして、直子さんの外車。朝子さんのツーリングワゴン。真一の愛車は、国産の大衆車。そう、あの軽自動車からこの間、車を買い換えた真一であった。

既に、モデルさんは、スタジオ入り済み。今日のモデルは、あやかさんと夏絵さん。コンポジでは見ていたけれど、実際はどうなのだろう。真一、五十九歳の胸がときめいた。駄目。まだ、モデルに関してはプロではない。おそるおそる距離をもって見た。なんとなく、それらしく。ヘアーメイクが始まっていた。「おはようございます。今日、よろしく」と、声を掛けてみた。

「おねがいしまあす」。ふたりのモデルとヘアーメイク、スタイリストの富山さん、カメラマンの山澤さんが同時に挨拶を返した。OK。後はクライアントの新F社さんの担当待ち。ヘアーメイクに時間がかかるなあ、と気を揉む間に、クライアントが到着。これで揃い踏み。と、思っていると、何やら存じ上げない妙齢の女性がひとり。どうやら初撮影のため、ベンダーさんが一社同行しているらしい。

そして、撮影スタート。カメラの前に立ったモデルのあやかさんの、きっちりした輪郭のある姿に、真一は圧倒された。真一の初体験である。さすがはモデルである。

なんと、映えるのか！　美しさを通り越した輝きに息を呑んだ。あやかさんの次に夏絵さん。シンプルなプルオーバーを、決めポーズで数カット。後は自由に動いてもらい数カット。クライアントの高野氏からOKの声。モデルの緊張が一瞬緩む。着替え室に消え、次の商品を纏う。今度は、シャギー調のカラフルなコートであやかさんの出番だ。おお。打ち合わせで見たサンプルが、鮮やかな絵に昇華している。良いではないか。「コートは開きよ」。言い尽くされた不文律で、あやかさんが、まるで舞うようである。「前立てをすっきり。裾を優雅に広げて。ラインも美しく」が決まり事のようだ。すると、あの妙齢の女性が突然割り込み、裾の角度に注文を出している。

「ええ！　ＯＫだと思うのだが、なんだ、この女性は？」

高野氏に小声で訊いた。

「大阪のベンダーです。自社の商品の撮影が気になって、あれこれ要望したいんでしょう。十アイテムくらいあるかな」と、高野氏がつぶやく。

「うわあ！　知らなかった。時間かかるなあ」と、真一が腕組みする。

案の定、進行が遅い……。カメラマンの山澤さんとスタイリストの富山さんが、真一に意味ありげな目配せを投げかける。首を傾げている。そうはいっても、困るではないか。それでも次々とその女性は注文を出す。直子さんも朝子さんも困惑しているらしい。１カット三十分もかかっている商品もある。大阪人かあ。他社の商品は、まったく無視。自社商品に拘る。

「もうすこしはやくマイテ！」と、真一は合図した。およそ午後四時が撮影終了の目安になっているのが、モデル撮影の通常のようだ。

やがて、昼になった。兼ねてからの予約通りに近くのレストランで、全員でランチタイムとなる。おしゃべりと食事。通常、一時間、たっぷり時間をとるところだが、真一は、四十分で席を立たせた。会計は直子さんの担当である。任せて、真一は、スタジオに急いだ。カメラマンの山澤さんと対策会議が必要だ。今日の撮影は、真一に任されている。焦る。初日、早々、問題が発生してしまった。

「真さん。やばいですよ。この調子だと大分遅れますよ」と、山澤さんが顔を歪めている。

「高野氏にスガルヨ。どうにもアレ次第だけれど」と、小指を立てて真一が嘆く。

さて、再度、午後の部のヘアーメイクが入る。速く。速く。

これはまずい！　カメラマンの山澤さんとスタイリストの富山さんが空気を察知して、テンポを速めたようだ。他のスタッフも、それに従う。しかし、あの妙齢な女性のベンダーさんは、それでも自社商品の出番では、なにかと注文をつけて、割り込む。判っていての行為だから始末が悪い。

「高野さん。遅れに遅れ。彼女にひとこと。」と、真一が焦る。

「はああ。まあ。困ったな。こんなになるとはなあ。ふー」と、高野氏が天井を見上げた。

こうして初回のモデル撮影は、夜の七時半にやっと終了。モデルさんの表情が不満であきらかに硬直しているのが判る。一時間前から田所が姿を見せ、憮然とした表情を浮かべスタジオを見廻し、真一を時々睨んでいた。怒った時の田所の独特の表情だ。

「お疲れ様でした。まったく申し訳ございません」と、真一が謝る。

あやかさんと夏絵さんと山澤さんと富山さんが集まり、小声で言い合っていた。

(困ったなあ。初回、早々、このざまだ。怒りたいのは俺の方だ)と、真一は、腕を組んで、茫然としていた。田所が近寄ってくる。無言の真一。

「いくらなんでも、まずいですよ。七時半終了は！」と、田所のキツイ苦言。説明と弁解。もちろん、田所は聞く耳を持たない。本日の全責任は、真一にあった。クライアント側が帰った後、山澤さんと富山さんと真一で反省会。

「モデル事務所が何と言ってくるか。困った」と、山澤さんが苦言。

(これは、一筋縄ではいくまい。これからも何かある)と、真一は、今後の季刊号の発行にまつわる所作業を想像していた。

それは、突然やってきた。次回冬号のモデル撮影スケジュールで起こった。新F社のスケジュールと、田所が担当しているB社のそれとが鉢合わせになってしまったのである。新F社からは先行して年間スケジュールが既に田所デザインオフィス宛にも、K美社宛にも提出済みであった。田所も当然心得ていたはずだ。ところが、である。後からスケジュールの入ったB社と担当の田所の撮影日程が優先された。新F社の撮影はB社終了後となってしまったのである。

Ｂ社は、新Ｆ社の親会社であり、Ｋ美社での撮影も規模が遥かに大きく、既に数年前からの取引先である。同日の場合はＢ社先行が原則。親会社が有利であり、また真一の担当よりも田所社長の担当している仕事が優先されるであろうことは、世の常識でもあろう。ただ、困り果てたのは、真一ひとりであった。当然、こういう場合、ことのあらましは、社長である田所が、新Ｆ社に出向き説明と陳謝をすべきではないか。……しかし、田所にその動きはない。また、いつものヤリクチか？

幾日かが過ぎた。田所が怪訝そうに真一を度々、見ている。

「真さん。新Ｆ社は、撮影遅延、了承済みですか？」と、平然と田所が問う。

真一は（やられた！）と唖然とした。

これが田所の常套のヤリクチである。（またかよー）。肚が煮えくり返った。

（あんた、これ、大問題だよ！　Ｂ社、Ｋ美社が絡み、田所デザインオフィスが調整しているということは、社長のあんたの出番だよ。俺の番ではない。今までも不満が溜まっていたけれど、新Ｆ社担当は俺だが、今回は違う。きっちり説明、陳謝するのは、あんただ）

真一は、無視した。

沈黙に耐える。（あっ。いま、エンゼルが歩いて行った）。真一は、尊敬するアドライフの久原氏から教えてもらった、あのエンゼルウオークという沈黙に耐える濃密な時間を、ひさしぶりに思い出していた。交渉のテクニック。

直子さんも朝子さんも、聞き耳を立てているようだ。時は、過ぎた。小さな事務所は、たちまち、割れ目から崩れそうである。深野は、相変わらずパソコンのキーをたたいている。他人事である。

真一が負けた。耐えきれなかった。

「ええ？ 俺が話をまとめるってこと？」と、真一は、あのエンゼルに見放されて、ついに口を開いてしまった。腕を組み大声で問い詰めた。

「あたりまえです。直ぐに行って！」と、切り裂くように田所が叫ぶ。

「どう説明します？」と、真一が問う。

「お任せします」と、田所が見放す。

「案。なし、ですか。田所デザインオフィスとしては」と、真一は田所に詰め寄った。

田所は、いつものように無表情で無言。回答はない。

一時間後、真一は新F社の応接室で、十五分ほど待った。良い弁明案はなかった。

「お待たせしました。真さんが、わざわざ出かけて来るなんて。何かあったら、私が夜、立ち寄った時でもいいのに」と、大林氏。

「ええー、いやいや。たまには顔を出した方がいいですよ。田所さんの事務所では、ゆっくり話も出来ないし」と、高野氏。

二人を前にして、真一は、ありのままを話し始めた。新F社のモデル撮影日が遅れてしまう経緯である。(つくりごとの説明はしないほうが賢明だ。ある意味では、真一も被害者の立場でもある)……。

「ええ？　それでは、年間スケジュールなんて、前もって提出しても意味ないじゃあないですか」と、大林氏。

「ああ。B社のアイツの圧力だな。うーん。困ったね」と、高野氏。

「真さん。他にスタジオないですか？」と、大林氏が訊いてくる。

判っているではないか。大林氏も、この道何十年。県内にはないと。東京とは違う、明らかに群馬は地方だ。東京の撮影では、新F社の担当もイヤイヤするし、だいいち、コストが合わない。

「うーん。田所さんに、後で電話しておきます。でも、こんな重要な件が発生しているのに、社長は来ないの？」と、高野氏が苛立っている。

「そういう方ですよ。ご存じでしょう」と、真一は断定した。

……こういう事案、トラブル、クレーム等々、「制作」という仕事には付き物である。

この業界では、皆、潜り抜けて来ている。ただ、真一にとって、この立場は、もう三十年以上を経験しているが、最大の弱点であった。毎日、怯えていたのである。今日は無事だったが、明日はどうだろう？　それでも、貨車（制作）の数は続き、しかも急激に増えた。真一、直子さん、朝子さんの三人では、もう手に負えなくなっていた。

そこに、スーパーレディーが現れた。まるで、光のようだった。大林氏が連れてきた。かつてのF社時代の大林氏の直接の部下だった三村広美という女性だった。

突然、真一の脳に爽やかな風が吹き込んだ。そう、優しさ、誠実さ、美しさ、そして何より、出来る女性であり、高い能力の持ち主であった。

真一は救われた。……いや何よりも、田所が、そして事務所そのものが救われた。将来、この事務所を背負って立つ主役になるであろうことは、予感出来た。こういう点では、この事務所は恵まれていた。そして、この輝きを増してゆく宝石は、辺りを一日、一日と照らし始めた。また、外注に天野という、頭脳は理系で性格はソフト、精神的には大人で、ボリュームのある仕事を日程通りに仕上げてくる、頼りになる青年と、都会的センスのある聖子さんという女性が制作スタッフとして入った。

ほぼ同じ頃、ある夕方、真一の携帯が鳴った。幸いは、続いて来るモノである。懐かしい大瀧氏の声だ。F社時代、日本橋にあったF社の支店長になり、翌日、突然、退職届けを出して驚かせた男である。

その後、独立して経営者となった。理論家、情熱家、大きな器量を持ち、ラグビーを愛してやまない大瀧氏は、F社時代から、本社出張の度に真一とふたりで飲み、語る友人であった。群馬のぬるま湯的本社に、会議で東京の先端文化をぶつけた後に、新前橋駅前の居酒屋には、毎週決まって水曜日の夜、大瀧氏と真一の姿が、かつてのF社時代下にあった。ずい分、昔のことだ。

「カタログ作ってよ。一頁、三万円でどう？　デザイン、色指定、コピーライトまでで」

と、大瀧氏の飾り気のない、やや早口の声だ。

とてもおいしい話ではないか。……真一がまだひとりで、自営で活動していた頃、有楽町にある大瀧社長の事務所を営業で訪ねたことがある。もう、八年ほど経つ。当時は、TVショッピングの一時間番組で業界を湧かせ、注目のやり手との評判を恣にしていた大瀧社長の姿を思い出した。

早速、田所に報告した。常時注文のある新F社以外では、この事務所には初のまとまったボリュームのある制作の注文である。

「大瀧さん、ですかあ。受けましょう。一頁、二万五千円にしましょう。東京価格ではまずいですよ。身に合った群馬価格で受けましょう」

田所の笑顔をひさしぶりに見た。真一もほっとした。

善は急いだ方が良い。早速、翌日、金曜日の午後三時到着の約束で、今回は新幹線利用で、大瀧社長の事務所に向かう真一の姿があった。

「元気そうじゃん。今夜、一杯イケるだろう？」と、大瀧社長が誘う。

春山女史が満面の笑顔で迎える。あの頃から大瀧社長の片腕として能力を発揮して、F社本社にも名を馳せていた女性である。何と市ヶ谷のK印刷の籐林氏も同席している。この男も笑顔で迎えてくれている。倒産を察知して、いち早くF社から手を引いたK印刷に、今でも在籍しているとのこと。いやいや、懐かしい面々が揃った。

「実は、今回、私が、真さんの事務所を推薦しました。大瀧社長は、心配していたのですが、大丈夫ですよと推しました」と、籐林氏が自慢気に語る。

籐林氏は、大瀧社長からは「Kちゃん」と呼ばれている。

「では、早速。本題に。三十六頁。A４判。商品の企画書は、こちらで提出します。撮影も、こちらでやります。後はデザインと色指定とコピー、そっちでやって。制作期間はどの程度かかる？」と、大瀧社長が切り出す。

歯切れの良さと突っ込みは相変わらず昔のままだ。真一は、しばらく答えに窮した。内容が不明なので、安易には答えられない。ただし、回答の持ち帰り、要相談では、この場は収まりそうもない。

「ああ。初回にこちらで作ったカタログがあるよ。Kちゃん、見せてあげて。参考になるだろう。ええ？　ないの？　しょうがないなあ。俺のもってくるよ」

なるほど、十六頁の初回号は、こんな内容か。真一は頁をめくって、納得した。

「二週間ほどで、初カンプをお届けします」と、真一は明言した。

「ああ。いいよ。出来るね？　出来るね？」と、念押し。

遅いよ。長すぎるよ。……と言われぬか、と案じていた真一だったが、スピードが信条の大瀧社長のＯＫに深く安堵した。

カタログのタイトルは「北は美味い！　特別企画」。北海道の海鮮物を中心にした食の企画である。この日、この当時、この企画がやがて五十二頁になり、さらに七十六頁に増えて行くことなど、真一には想像出来なかった。シンプルで深く、明快で熟慮もある大瀧社長のキャラクター。校正現場も自由闊達である。参加メンバーが、思ったことを躊躇なく述べる。否定されても、あっけらかんとしている。こんな楽しい制作現場は、初めてであった。大瀧社長の先端の企画力と、高崎在住の岡野という、とびぬけてセンスのあるデザイナーの力量が発揮されたカタログだ。真一の会った中では、頂点にいたデザイナーである。校正三回、校了、最終データ送りまでで終了になる。

真一は朝三時に起床し、八時まで自室で、この企画のコピーを書き、ひと休みの後、十一時には、田所デザインオフィスに出社して新F社の仕事にあたる。一週間ほどこんな動きで、さらに休日は自室で朝八時から翌朝八時まで書き続ける。……こんな日々が年に四回ある。さらに、この食のカタログ企画と新F社の季刊号が重なってしまったときは……うむむ。

こういう状況のなかで真一は、本格的な「制作」という充実感を味わっていた。新しい表現を創りだすという信条と慌ただしさの中で、真一の還暦の夏が過ぎていた。そして、千明は高崎市役所に合格していた。

秋子と約束した、息子たち三人大学卒業という願いは、真一と秋子のふたりが夢中の内に達成された。いつの間にか、である。それも、二人ともアルバイト、もしくはアルバイトのような収入と暮らしの中で、である。

「生活に困窮した覚えはない」と、一本気の秋子らしいひと言が、爽やかに響いた。

# 第十六章

# 七十歳の履歴書

くじけそうになり、くじけた……。真一、五十歳の春。

社会のしんがりにいて……。真一は、それからの十年間、自分の立ち位置を、そう捉えていた。そして、当時、「お前の職業は何だ？」と問われれば、「私の職業は子育てです」と答えただろう。あの、「地面に頬を擦りつけて」その痛みを諦めながら、「世間」を見上げていた数年間。そして、あれほど拘っていた昔の年収への思いは、いつの間にか消えていた。否応なく、現実を受け入れていたということだろう。

そして、シャープペンと消しゴムと原稿用紙の三つの道具とトークだけで飯を喰うという「通販ライター」及び制作仕事は、消えかかりそうに小さくなっても、何とか続けて来られた四十年間があった。

「職場では、良き上司であり、家庭では、良き父親である。それは欲張り過ぎですよ」と、アドライフの久原氏の言い分を思い出していた。果たして、そんな理想的な男なんて世の中にいるのだろうか？

確かに欲張りすぎというものではないだろうか？

では、息子たちの成長には、何が必要なのだろうか？

まず、父親と母親がいる。しかし、他に重要なキーマンとなる人物がいるはずだ。少年期、その子の、その後の人生に善きインパクトを与える人。

「良きコーチ」である。

息子たち三人が部活動で、その「良きコーチ」に出会ったことは幸いであった。父親である真一の五十歳代の氷河期の間にも……その教えが活き、「平気」だった三人は、卒業だけではなく、経済的な自立も果たしている。

真一と秋子にとっては、ここが「子育てと言う職業」の、やっとたどり着いた終着点だと思った。

どう過ごしてきたのだろう。思い返してみる真一だった。

真一の一家は、父親の失業という大波をかぶり、荒れた航海になるかもしれなかった。しかし現実は、さざ波が立った程度の航海で渡り切った気がする。どういうことだったのか？

父親が五十歳で失業し、収入がなくなる。これが真一の家族の現実になりつつあった。真一の出勤数が、日に日に減ってきたある日のことである。確かに真一は負けそうだった。その思いは息子たちも感じていたに違いない。休みがちで床に伏している真一に、帰宅した一歩の声が聞こえた。

「休んでるの？　また」

一歩は素直に言ったのに過ぎない。それ以上でも、それ以下でもなかった。批判感もない声だった。それはそうだ。一歩は、普通に登校し、夏を過ぎて部活は終了していて、帰宅するひとりの健全な高校三年生であった。来年の正月には、大学センター試験が待っている。そしてその一点が、一歩の次に来る試合であり勝負であった。ソフトテニスの試合に勝つように、だ。研人は部活の現役で、まだ帰らない。中学生の千明は、部活を終えた後、おにぎりを頬張りながら学習塾へ向かっていた。

（どうすればよいのだろう？　起き上がる気にもなれない）

息子たちが二階の自室に入るまで、真一は臥せっていた。そして、気分の良い日は出勤した。F社も既に、そういう真一をそれなりに見ていた。間もなく辞めるのだろう。それがいつか？　ちらほら噂話も出ていた。

しかしである。それ以前の真一は、忙しく働くバリバリの父親であった。息子たちが就寝する前に帰宅したことはない。午前一時をまわる頃、真一の車がガレージに停まる。したがって、月曜日の朝、顔を合わせると、息子たちと次に会うのは、土曜日であった。三人とも、朝練で早朝登校。

確かに夜を徹して働く父親の真一の背中を、息子たちは見ていたに違いない。毎日、夕刻定時に帰宅して、子供たちと一家団欒する父親ではなかった。コミュニケーション不足になるのではないか？　いわゆる良き父親タイプではない真一であった。

一方、そんな日が続いたなかで、週末には必ず高崎市立T中学校のテニスコートに、真一の姿があった。息子たちのプレーする姿は爽やかだった。市内、県内でも強豪校に数えられ、目指すのは全国中学校大会であり、部活の顧問は熱く指導し語りかけた。一歩の部屋には「全国制覇」の貼り紙が掲げられた。研人も千明も、一歩の後を追った。その部活の顧問は、いわゆる一般的な教員のレベルを遥かに超えていた。人間的に、である。さらに、三人とも高校生になっても続けた。そして高校は分かれたが、また、熱い顧問に恵まれた。教員というよりも、人生の指導者という域を感じた。「良きコーチ」である。そして、週末には、練習でももちろん、大会会場には必ず真一の姿があった。息子たちとは一週間ぶりに、テニスコートで会うため、挨拶は決まっていた。

「やあ。しばらくぶり」

お互いに同じ言葉で、手を振り笑った。父親の真一と三人の息子たちは、阿川家独特のコミュニケーションで繋がっていたのである。


では、真一は、人生で「良きコーチ」に巡り合っていたのだろうか?

三人の恩人の顔が浮かぶ。

そして、真一に、新たにある試練が訪れた。

病である……。十年ぶりに人間ドッグを検診した真一に発見された病とは……胃がんである。通告を受けた真一は、なにがなんだか解らなかった。しばらくして、全身が脱力した。初めての感覚が全身を覆った。医師はこう通告したのである。

「良い話と悪い話があります。良い話は、初期です。悪い話は、がんです」

この病だけは、真一には想像出来なかった。家系にこの病の人物が見当たらなかったからである。不意打ちのように襲ったこの病は、しかし、簡単な手術で終了した。そして、これ以後、「病」は、新たに真一の「生」の捉え方を大きく変えていった。愛おしく生きねばならぬ……。

晩夏のある朝、最寄りの群馬八幡駅のホームに立つ、真一と秋子の姿があった。

「旅立ちの朝は早い方が良い」と、真一が声を掛ける。

「旅なんて。しかも石垣島なんて」と、秋子は信じられない様子だ。

「こんなんで、よくも生きて来られたね」

「ほんとうに。ふたりとも素で、小心者で」

真一はホームの端まで歩き、ふりかえってみた。ホームの真ん中辺りに秋子の夏姿があった。夏帽子をかぶり、笑みをうかべているようだ。(もし、秋子が真一の人生にいなかったら……。自分の元にいる秋子が、この上なく愛しく大切なものであったと、今こそこみ上げ実感する真一がいた。)


七十歳にもう二年、という歳に、真一は田所デザインオフィスを辞めた。

「良い絵と良い文、良いラフスケッチ」。「通販ライター」真一は、いつも新しい表現を求めた。前例に則って済ませることは、ご法度だった。たとえ新F社がそこまで要求していなくても、である。

二年ほど前からである。新しさを求めて制作に一歩踏み込むと、迷いが深まった。以前の真一にはなかった、こころの揺らぎである。そして、迷いの先は真っ白になった。結果、前例の改善という程度に収まってしまっている自分を苦々しく思う真一がいた。先例を打ち破り、新しい改革へと進む気力が枯渇し、失せた。毎日、制作のボリュームが増え、田所デザインオフィスは、新しい世界を表現するデザイナーではなく、情報を組み替えるだけのオペレーターを必要としていた。そして、真一は「六十七歳の御用聞き」に傾いて行った。その膨大な量に圧倒され、疲労した。

ある日の夕刻の新F社でのことである。アパレル娘とでも呼びたくなるような感性豊かな、あの矢辺女史が呟いた。

「真さん、背中に鞭を打っているみたい。疲れているうー」

真一は、見事に見破られていた。すっきりとした視線を持った人だけが見える鋭さで、言い当てられていた。真一の気持ちが、この時、決まった。

四十数年間にも及ぶ「通販ライター」の仕事は、これでオ・シ・マ・イ。

そして、一か月が過ぎた。

このまま過ぎていくのだろうか？　しばらくぼうっとしたかった真一に、ある焦りと懐疑のようなものが訪れた。原稿の締め切りも、校正のスケジュールも、モデルの手配や撮影も、およそ仕事と呼べるものはしなくて済む日常。まっしろな一日。ほそぼそとした年金暮らしも、それはそれでイイモンだ。だが、しかし。何かが足りないと、懐疑する真一がいた。ずうーとこのまま？　この男は、空白に耐えられる胆力を持ち合わせていなかった。まったく手に負えぬ男を見かねた神様が、ふとささやいた。真一は、周りを見回した。え、え、なに？

真一は五つの書架を持っている。学生の頃、アルバイトをして買い求めた書籍から、今まで。たっぷりとある。これも道楽だったな。これは愉快だ。ほとんど未読であろう。本とは、こういうものだ。人に惚れさせる。ある本は二度も三度も読み、他はパラパラと。表紙が気に入ったり、タイトルが面白かったり。それを求めた頃の記憶だけが蘇ってくる。なんとかせねばならぬ。この蔵書、真一が死ぬまでに読了出来るだろうか？

そんなある日、第一の書架に目がとまった。学生時代に求めた書籍が収まっている分だ。質の高い編纂が特長の個人全集を発行し、確かな位置を占めているT書房の「森鷗外全集」全九巻、「夏目漱石全集」全十巻、「芥川龍之介全集」全八巻が収まっている。いずれも高級版ではなく普及版である。学生の頃、神田の古本屋街で求めた懐かしい逸品である。もちろん、主要作品は読んではいたが……ここで、真一は閃いた。この三作家の全巻を読破する！　小説はもとより、評論、随筆、小品、日記、書簡、俳句、解説まですべて。他の作家ではない。この巨匠三人だ。神も現世もすべてがそこに入っているはずだ。

こうして真一にはめずらしく、決意してから二年が過ぎた。間もなく七十歳になる。分け入って、分け入って五合目までは達したかな？　そしてその間に、この読書により、真一の中に何か糧になるものが残っただろうか？　いくつかの一節が記憶されたのみである。歳かな？　真一も老いた。

しかしこの巨匠は、決して拒絶し、天にまで達する冷たい高峰ではない。訪れれば暖炉で温めてくれる山脈に思えた。上州三山にたとえれば、芥川は妙義山である。人生の一面を鋭く斬りさいたような短編は、険しく急峻な岩場が異様なかたちで連なり、魅了する妙義に。漱石は、幾つかの峰々が連続し、人生の峰から谷を深くえぐり出す人間的な榛名山に。そして鷗外は、広大な裾野を引き、頂上は冬には極寒の雪国の過酷さと慧眼を見せ、南面は陽射したっぷりの歴史も深く、豊穣な人の営みを抱く赤城山に。そう思えた。もちろんこの三巨匠は、国文、漢籍、欧州文化の素養を蓄えているため、上州三山の地方に譬えた域を遥かに超えて、世界の高峰と覇を競う我が国の高峰である。

まだ五合分残っている……。真一は、唖然とする。

真一の蔵書は小説や詩文が主であったが、理化学、物理学、法学、商学の世界を除けば多岐に渡っていた。人文、歴史、社会、美術、音楽などのエッセイや評論……。

えぇえ！　これをすべて死ぬまでに、か？　これは愉快だ。この量は何だ？

そんな読書三昧を送っていた、ある日のことである。自宅の電話が鳴った。うん？　何かある。予感は当たった。十五年ほども前に仕事をしていた、あのK警備会社の八木さんからの電話であった。懐かしい声だ。

「今度、モール型の大型商業施設で、車の誘導警備が始まる。ついては、参加してほしい」という内容だった。えっ？　あの広大なショッピング施設か。お天道様の下での肉体労働の仕事は、すっきり気持ちがいい。真一はOKの返事をした。新しい仲間を求めて。

そして、七十歳を迎えたこの日、ふたたび世へと向かうために、「七十歳の履歴書」をしたためる真一の姿がある。

終章

# 晩節を穢さず

もし君が、妻を持ち子供を育てるとしたら、河に小舟を浮かべ流れて行くことを勧める。
決して物怖じして流れを避けてはいけない。
そして、それが大河であればなおさら良い。
時折り君は逆流もしたくなるだろう。
しかし、人間の思いは河の流れに比べて
極めて非力であることに傷つきながら涙するであろう。
その後、またある日、流れに乗ればいい。
河は決して君の小舟を拒まない。
あたりの風景は山脈から小高い山へ、
野の広がりから村の橋へ、さらに街並みの屋根へ、
やがて大きな橋を潜り抜け、港へ、海へと辿り着くだろう。
ただし、これだけは大切にしてほしい。
どんな小舟を浮かべようとも、こころの真ん中には
春の小川が流れていて欲しい。

## 追記

# 三人の恩人に感謝して

阿川真一は、私の分身である。すべてではない。人生の師とも言える三人の恩について、私は真一に成り代り記さねばならぬ。私には、心から敬愛する医師がいた。南形翁と言う。「翁」の尊称を付け、私ひとりが、勝手にそう呼んでいた、私の救いの師でもあった。

戦前の建築になる南形内科医院は、高崎の旧市街の西のはずれにあった。塗りの剝がれた壁面は、時代を物語っていた。いかにも古いその診療室の入り口の上には大きな扁額が飾られていた。「和氣満堂」と、褐色の和紙に極太の筆が踊っている。

「おーい。患者さんよう」と、診療室から、翁の呼び声。（患者は俺ひとりだけじゃあないか）と苦笑いをしながら、がたがた音を出す古い引き戸を開ける。診療室いっぱいに春の光と温もりが満ちている。そして、春のニットをオシャレに着込んだ白髪の翁が迎える。

「いやいやいや。どうも、どうも。歳には勝てねえよう」と、頭を下げる。いつもの挨拶だ。確かに八十歳に近いはずだ。

内科医と言うより哲人に近い。話題の中心は翁の終戦時代の青春秘話。滔々と軍国少年だった頃の物語。「丹田に力を入れる」、「なりゆきに任せる勇気」、「あきらめ、がまん、かんしゃ」、「エロスの効用」、「器量と才覚」、「修行」、その他、数々のフレーズで話が弾んだ。

翁はまた、F社の「冬の時代」を温めてくれた方でもあった。己の人生を回顧するように、不明なドイツ語で一節語った後、「晩節を穢さず」と諭したのが最後となった。故人となった。今でもひと言ひと言が名木の年輪のように、私の地となり教えとなっている。

もう、ひとり、いる。F社の鈴木社長である。

ある夜の夢に現れて、インパクトのある印象を残して去った。……百階建ての超高層ビルの最上階のフロアで、私は鈴木社長と対している。無窮の碧空に純白のビルは、どうやらドバイにいるようでもある。そんなわけはない。ただ下を見ると白砂の浜が広がり、真っ青な海洋に没している。天国にいる蝶が、手が届く位置で舞う。

「風邪をひいて休みはいけない。雀を見ろ。雀は風邪をひかない」と、鈴木社長がふんぞり返っている。

「雀だって風邪をひくさ」と、私は思った。

「村井は偉い。右手首を骨折しても、片手運転で出社している。さらに高岡は、インフルエンザにかかっても出社している。偉い」と、暗に私が風邪で出社しなかったことを批判しているようだ。

「ええ？　世の中では、その二人の行為はＮＧですよ」

「さて、この色校。青色が違う。ワシが望んでいるのは、あの富士山の上空に広がる青だ。これは深みがない」と、鈴木社長は譲らない。

「私は、近世西洋の宗教画の背景に必ず描かれている青空のブルーが良いと思うのですが」と、私も主張する。あくまでも、夢の中の対話である。

現実には、二十数年間、雇用され、息子たち三人をある年齢になるまで養う給与を授けてくれた恩人であるに違いない。さらに、私を「通販ライター」、広告ディレクターへと教え、導いた恩人でもある。

さらにもうひとり。最後にはＳ印刷に在職した甲宮翁である。

年輪を踏んできた先達で、印刷の道、およそ五十年、現役の第一線を続けた。業界では「鬼の甲宮」とも「ほとけの甲宮」とも名を恣に高めてきた営業マンでもある。京都、東京、そして群馬と辿りついた京男子は、東京時代に、上品で賢明な女性と結ばれ、高崎を終の棲家と定めた。

私とは、二十数年間ほどの交わりで、私が発注し、甲宮翁が納める。

順調な日々、揉め事の解決、無理難題なやりとり……限りないシーンが毎日、続いた。

その甲宮翁が、本気で怒った。

「それは、アカン！　ルール違反や！」と、甲宮翁はピースをふかした。

言われてみれば、確かに、おっしゃる通り。今月分の請求額の一割値引き、さらに一か月の支払い延ばしのダブルの無理な要求を、私は、甲宮翁に、S印刷に突き付けていたのである。F社の全取引先への共通の要望事項であった。無茶だ。しかし、トップからの経営方針である。

「他の取引先にも、同じこと突きつけとるのか？」

「ああ。同じだよ。今月だけは、呑んでいただきたい」

「持ち帰る」

甲宮翁は、めずらしくコワモテになっていた。情も理もある。ただし、道にそれることはしない甲宮翁。回答を待った。

「今月だけなら、ええわ」と、翌日に甲宮翁からの電話。私は、一応救われた。ただし毎月では困る。村山専務へ報告。（こんなことをいつまで続けるのだろうか？）。

例年、正月二日は、甲宮翁宅で、奥様のお正月のお料理を満喫する私であった。我が家では目にすることのない、江戸前の彩りの品が並んだ。戴きながら慣例となっている、年に一日だけの極上の楽しみがある。全国大学ラグビー準決勝二試合の放送観戦である。酔い、熱中した。

その甲宮翁も天国へ召された。仕事、読書、ラグビー、語りと、熱く捧げた一生である。「筋だけは、間違えたら、アカン」

不安、迷いのさなかにあった、F社時代の私のこころに響き和らげた、さすが、「名コーチ」のひと言を忘れずにいる。

「今日は今日。明日は明日の絵を描きましょうや」

私が、薫陶を受けた人生の大先輩であり、現在も肝に銘じている。

とりわけ南形翁は、ドイツ文学の真髄、哲学、そしてあの「空海」へと導いてくれた恩人であった。今、私が「空　夏久」としてあるのは、南形翁のおかげでもある。

さらに、こころの支えとなり、私たち家族を長く見守ってくれた妻の両親には、深く感謝している。

# 日句十五選

擦りつけた
頰の痛みよ
凍土かな

平成十六年一月十二日

雲一片
武尊雪どけ
青く明け

平成十六年四月三日

面にうけ
背にひとしきり
風花のひと

平成十八年二月三日

少年の
挨拶に遭う
坂の夏

平成十八年八月二日

焼酎を
ぶら下げ帰る
月天心

平成十八年九月二十日

仏壇に
柿はひとつ
咳はふたつ

平成十八年十一月五日

遠近に
菜の花パラパラ
高崎線

平成十九年四月三十日

天気良し
ナンバー8の
初勝利

平成二十一年九月八日

花一片
つけ帰りたり
妻のシャツ

平成二十四年四月十六日

夏の風
三番線で
待つ少女

平成二十五年七月三十日

玄関に
さくらはなびら
二三片

平成二十八年四月十一日

炎天下
毛虫の歩み
地の果てへ

平成二十八年七月二十四日

いのちの師
翁ふたり逝き
秋星

平成二十八年十月二十九日

真理とは
白き球形
花の中

平成三十年三月十八日

一隅の
梅雨の碧空
神ぞ座す

令和元年六月十三日

【注】

「日句」とは、俳句ではない。

一日一句。つまり、日記のようなものでもある。

失業時代の連綿と続いた無為の日々。一日、一日、ピリオドを打つように、その日の思い出を綴ったものである。

したがって、季語などを入れる決まりはなく、句の巧拙もない。


(空　夏久)

# 地面に頬《ほお》を擦《す》りつけて、あるいは七十歳の履歴書

２０２１年８月18日　初版第１刷

著　者　空《くう》　夏久《なつひさ》

発行者　石田弘見
発行所　時来社
〒１７７－００４３
東京都練馬区上石神井南町13－１
ＴＥＬ ０３－３９２０－５６６０
振替００１８０－３－４５１８７３
http://ziraisha.net
装　丁　ベルソグラフィック
カバー使用画像　shutterstock
印　刷　平河工業社



ISBN978-4-9911162-1-6 C0093